犬野アーサー
Arthur Inuno
illust: ifo
転生オークは
姫騎士を守りたい
1
KiNG novels

チート級最強少女
アリーナ・ビブ・アルダグ
姫騎士を愛する漢
ナオーク

エルフの姫騎士
エルゼ
官能的な未亡人
レーニ・エバール
博愛主義シスター
カティア・クーノ

気持ちいいの凄い!!
もっと、もっと頑張って動かしなさい!!
その目には、明らかな怒りの炎が灯っていた。
「これは、おしおきが必要ね……。
その口で、勝手に悪戯されないように
しないといけないわ」
強引に開けられた口を覆うように、
アリーナがキスをする。
「ングッ!!」
しかもさっきされたような、軽いやつじゃない。

転生オークは姫騎士を守りたい

～理想と現実は違うけど、エロいことばかりだからまあいいか？～

犬野アーサー

illust: ifo

KiNG novels

contents

プロローグ　オークという生き方

「う～ん、素晴らしい」

店先に並べられたラッピング済みの薄い本。いわゆる同人誌を次々とカゴに入れていく。

カゴに入った同人誌の傾向は、純愛学園物からおっぱい、ケモ、露出などなど、多岐に渡っている。

俺は、だいたいのジャンルなら何でも楽しむことができる。ただひとつ――。

「チッ……ま～た『オーク✖姫騎士』モノかよ……流行ってるなぁ……」

この『オーク✖姫騎士』の組み合わせだけはどうしても受け入れられない。俺にとって姫騎士とは、汚すべき存在ではないのだ。どうせならパートナーとして、もっとイチャイチャとエロを楽しみたかった。

レジでの会計を終え、大量の紙袋を手に同人ショップを後にする。

上機嫌で紙袋の中をのぞき込むと、そこには当然、選りすぐられた同人誌が入っている。

(今日は大収穫だわ。帰ったらさっそく、こいつらでオナニーしよ)

下品な笑顔を浮かべ、紙袋の中に手を伸ばして表紙をチェックしながら帰り道を急ぐ。

そのとき急に、甲高いブレーキ音が鳴り響いた。反射的に顔を上げると――。

「っ!?」

目の前には、大型トラックが迫っていた。

そしてそのまま、俺は避けることも出来ずに吹き飛ばされたのだ。

※　※　※　※

暗い森の奥に、ある村があった。その村の入り口で、もそもそと影たちがうごめいている。

オークだ。その一群は、大量のオークが集まって出来たものだった。

「よっしゃあ、お前ら！　今日は姫様の命令にあった村を襲うぞオラァ!!」

集団のなかでもとくに身体が大きなオークが腕を突き上げた。それを合図に、周りにいたオークたちの戦意も昂ぶっていく。そんななかに一匹だけ、ノリ気ではなさそうな小柄なオークがいた。

そのオークだけは、ため息を吐きながらやる気なさげに腕を上げている。

「おい下っ端ぁ！　だらけんじゃねぇ！　もっと気合い入れろや、おらぁ！」

「す、すみませぇん！　お、おおっー！」

へへへ、と愛想笑いを浮かべ、そのオーク——健太は形だけで盛り上がって見せた。

（はぁ……。全部あの事故のせいだ……）

事の発端は、数年前まで遡る。俺は、見知らぬ小汚い部屋で目覚めていた。部屋の中はとても汚い。生ゴミのような臭いがツーンと鼻についた。

（なんで俺はこんな場所にいるんだ？　俺はたしか、トラックに轢かれたはずじゃ……）

起き上がろうと身体に力を入れるが、上手く動かすことが出来なかった。言葉も、うーとかあーとかしか話せない。周りを見ると、そばには同じように寝ている小さな人影が見えた。

（え……これって赤ん坊とかか……はっ！　これってもしかして、い、異世界転生……!?）

すぐにピンときた。トラックに轢かれた俺は、異世界人として新しい命を授かったんだ。

降って湧いた突然の異世界転生に、テンションが上がる。

（ふっふー！　やったぜ！）

俺にとって現実の世界なんて、エロ同人誌を読んでオナニーをすることしか楽しみのないくだらない世界だった。だけど、きっとこの世界では違うはずだ。

なんと言っても、異世界だ。やりようによっては、最高レベルの女を抱くこともできるかもしれない。どんな世界だろうと、つまらなかった現実よりはマシなはず。

（テンプレどおりなら、なにか特殊能力とかだって、あるかも……）

何か出来ないものかと、腕を突き出してみると。

（な、なんだこれ、俺の……腕？）

子供にしては、やたらと腕が太い。それだけじゃない、まるで獣のような爪も有る。

（どうなってんだよこれ！）

と驚いていると、木のきしむ音と共に部屋に光が射し込んだ。誰かが入って来たんだと察して、すぐにそちらへと目を向けた。

（嘘だろ……）

部屋に入って来た存在は、醜い豚鼻に、大きなアゴを持っていた。間違いようがない。オークだ。

（こ、殺される？　まだ生まれ変わったばかりなのに……？）

その恐ろし姿に悲鳴を上げようにも、声が出せない。

（ダメだ……。どうにもならない……）

満足に動かせない身体に、助けも呼べない状況。完全に手詰まりだった。

諦めて、脱力していると、突然オークは叫び声をあげた。

「起きろゴラァ！　飯の時間だぞガキどもぉ!!」

その声に合わせて、周りにいたやや大きめの子供たちが、勢いよく飛び起きた。

（ぜ、全員……オークだ……ということは、こんな腕を持った俺も……）

信じたくなかったが、この部屋には人間などひとりもいなかった。この俺も含めて……。

こうして俺は、オークとして第二の人生を送ることになってしまった。

村にはたくさんのオークが生活していて、幼いうちはこの生活に慣れるようにするので精一杯だった。本能に忠実なオークたちは、馬鹿ばかりだ。とくに性欲に関しては、いっそうそれが顕著になるようだった。攫ってきた人間の女性は、穴という穴を責め立てられてしまう。この村にいて、人間女性の悲鳴が聞こえない日はないほどだ。

魔王とやらの命令によって村を陥落させた日なんて、それはもう酷い。何ヶ月にもわたって酒池肉林の宴が開かれ、泣き叫びながら拒絶する声があちこちから響いてくる。

「おい、おめーはヤらねえねぇのかよ。人間が怖いのか？　ああ？」

そう言ってかわれることもあったけど、俺はどうしても凌辱に参加する気がおきなかった。

それだけじゃない。仲間との話題も大体はエロ関係に偏っている。特にやっぱりというかなんというか、〝姫騎士〟に関するモノが多かった。まったく、同人誌そのままだ。

可憐な顔にぶっかけてやりたいだの、尻をひっぱたいて良い声で鳴かせたいだの、オークには本当に、姫騎士の人気はとても高いことが窺えた。

その話題にどうしても顔をしかめてしまう俺の反応は、一般のオークとはかけ離れていたようだ。

村一番の変わり者と蔑まれ、気が付けばオークの間でハブられるようになっていた。

（だけど、それでもいい……）

こんな姿になってオークとして生活を続けるうちに、俺にも新しい夢が出来ていた。

それは、姫騎士を守る存在になること。不幸にも捕まってしまって、虐げられる彼女たちを目にしたとき、俺はこの転生の意味を理解した。姫騎士を守ることが、俺の役目なのだと。

そのために訓練は欠かさず、密かに力をつけたんだ。

(それなのにな……)

俺は今、人間の村を襲うために、軍隊のうちのひとりとして武器を構えていた。

いつもは、のらりくらりと言い訳をしては、出撃しないようにしていた。

だけど今回は事情が違う。魔王軍の領地拡大の大仕事が、オークたちに回ってきたのだ。

訓練でだけは優秀な成績を残している俺は、その出撃命令を断ることが出来なかった。

(どうにか、人を殺さずに戦うんだ……。大丈夫、きっと上手く出来る……!)

やがて、その時間がやってきた。ターゲットの村にオークの集団がなだれ込む。

たちまち村中から炎とともに悲鳴が上がり、それを迎え撃とうとする男たちの雄叫びが聞こえる。

(チャンスだ!)

その序盤の混乱に乗じて、村の外れに建てられていたボロ小屋へと身を隠した。

(しばらくここに隠れていよう……)

まだまだ戦いは始まったばかりだ。適当に時間を潰してから出て行こう。壊れかけの椅子に座り、耳を澄ませる。こうしている間も、油断は出来ない。人間に見つかればもちろん攻撃されるだろう。

ただ、人間なら気絶させたりすればいい話だ。一番の問題は、味方のオークに見つかること……。

魔王軍からの直接の命令をおろそかにしているんだ。サボっていることが見つかれば、どんな処分が待っているか……想像するだに恐ろしい。

自然と憂鬱な気分になり、頭を抱える。オークである限り、この悩みは尽きそうになかった。

そう思っている間に、遠くから声が聞こえてきた。

「へっへっ、こいつぁ大収穫だぜ。人間って案外ちょろいな」

「あぁ、こいつを隊長に差し出せば、俺たちも幹部になれるかもしれねぇぜ」

オークたちだ。どうやら人間側にとって、重要な人物でも捕らえたようだった。どんな人物が捕まったのか、外の様子をこっそりと覗いてみると……。

(あれは……う、嘘だろ!?　まさか、あれって……)

屈強なオーク二匹に、鎧を着た美女が捕らえられている。

しかもその身に纏っている鎧は、まるでドレスのように華麗なデザインだった。こんなゲームみたいな格好をしてるのは……。

「間違いねぇぜ！　なんてったって、姫騎士様を捕らえたんだからよぉ！」

……やっぱりそうだ。姫騎士が捕まっている。

自然と生唾を飲み込む。

このままでは、あの姫騎士は領地へと連れ帰られ、何匹ものオークによって陵辱の限りを尽くされるだろう。あの状況の彼女を助ければ、俺はきっとヒーローになれる。

「よしっ!!　やるぞ！」

いつまでもオークとして悩んではいられない。

俺自身の夢のために、意を決して立ち上がった。

第一章　同盟軍

第一話　運命の姫騎士様

音が出ないように小屋から抜け出すと、二匹のオークの姿を探した。

すでに行ってしまったようで、姫騎士を連れたオークたちの姿はない。

（いや、あっちだな……）

向かっていた方向からあたりをつけ、小走りに追いかけると、すぐに追いつくことが出来た。

だが、既に隊長格のオークと合流し、三匹で彼女を取り囲んでいた。

（くそ……）

下っ端オークはともかく、かなり体格の良い隊長がいるのは厄介だ。

まともに戦っても、倒せるかどうか……。

だけど、それがどうした。俺は彼女を助けるって、覚悟を決めたんだ。

どんなに困難な相手だろうと、立ち向かってみせる！

「スー……ハー……」

深く息を吸い、ゆっくりと吐くと、俺はその三匹へと近付いていった。

「ん？　あぁ……」

ひとりが俺に気付くが、焦るようなことはない。仲間からハブられているとはいえ、俺もオークだ。不審な行動をしない限り、戦場とはいえ、いきなり襲われるようなことはない。

実際、その気付いた奴は俺を一瞥しただけで、姫騎士のほうへとすぐに向き直った。

(よし……大丈夫だ)

あとはこのまま、様子を見よう。

「ふん……こうなっては希代の姫騎士、アリーナといえど形無しだな、ん？」

隊長は腕を組みながら、縄でぐるぐるに巻かれ、アリーナと呼ばれた姫騎士を見下ろしている。

「どうだ、敗北の味は」

「ふんっ、ゲスがいくらあがいても、あたしには勝てないけどね」

キツく隊長を睨(にら)みつける彼女の瞳には、まだまだ戦意の炎が灯っている。

(す、凄いな)

こんな絶望的な状況で、アリーナとやらはこいつらに勝つつもりでいるようだ。

「随分と良い目をする……。いいぞ。だが、その反抗的な目がいつまでもつかな？」

舌なめずりする隊長の視線は、いやらしく彼女の身体を這い回っている。

「ハッ、あなたみたいな雑魚に、あたしを落とせるとでも？」

「どうやら村につれて帰る前にも、お仕置きが必要なようだな」

アリーナのそんな不遜な態度に、隊長は手に持った巨大な棍棒を握りしめた。

いくら歴戦の姫騎士とはいえ、隊長の一撃をまともに受けたら、ただではすまないはずだ。

「くっ……」

さすがにどうなるのか感じ取ったのか、アリーナの額に汗が浮かんだ。

周りにいるオークたちは彼女が焦っていることを感じ取り、下卑た笑い声を上げた。

その一瞬、オークたちの気が緩んだ。

出来るだけ気配を消して、俺は一番近くのオークの背後へと近付く。そして――。

「オラァっ！」

気合い一閃、腰から棍棒を抜き出してオークの頭へと叩きつけた。

「ゴッ……!?」

不意の一撃をまともに受けたそのオークは、短く空気を吐き出して倒れこんだ。

他のオークが動き出す前に、二匹目のオークへと接近。鳩尾(みぞおち)へと棍棒を突きつけた。

「なにしてんだテメェ！」

突然仲間を攻撃された隊長は、頭から湯気を出し、顔を真っ赤にさせていた。

(勝てるか……？)

いや、勝たないといけない。幸いにも本隊と離れているおかげで、援軍が来ることもなさそうだ。

ここで隊長を退ければ、あとは彼女を連れて逃げ出すことは簡単だ。

「どういうつもりだゴラァ！　てめぇ、仲間に攻撃なんて良い度胸じゃねぇかアァ!?」

怒りにまかせて、隊長は俺へと突っ込んでくる。俺は冷静に、隊長の目に向けて砂を振りまいた。

「くそがぁ！」

視界を潰された隊長は、突っ込んできた勢いのままバランスを崩し、派手に転ぶ。

「オラッ！　クソが！　ボケェ!!」

倒れてもがく隊長の頭に、動かなくなるまで何度も棍棒を叩きつけた。

最後に足でつつき、本当に動かなくなったかを確認して、俺は囚われの姫騎士へと向き直った。

「大丈夫ですか？」

身体に巻き付けられた縄を解こうと彼女に手を伸ばしたとき、俺たちに近付いてくる足音が聞こえた。

「くそっ！　ちょっと失礼！」

「ちょ、ちょっと！　なにするのよ！」

俺は身動きのとれないアリーナをひょいっと担ぎ上げると、その場から一目散に逃げ出した。

さっきまで隠れていた小屋へと引き返すと、まだ周りに誰も居ないことを確認してから、滑り込む。

ここならオークたちに見つかる危険性は少ないはずだ。

「ふぅ……」

額に浮かんだ汗を拭き、担いでいた姫騎士を床へと下ろした。

なんて声をかければいいだろう。隊長との会話を聞く限り、かなりキツめな性格というのは想像できるけど……。

アリーナの顔色を窺うと……。

「え……」

眉間に皺を寄せて、俺を睨み付けていた。

（な、何をそんなに怒ってるんだろう……）

せっかく、オークの魔の手から逃れられたのに……と首をかしげていると、彼女は突然すっくと立ち上がった。

「は？」

何が起きているのか訳が分からず固まっていると、アリーナの身体に巻き付けられていた縄が、するりと地面に落ちた。と同時に俺は彼女に押し倒され、マウントポジションを取られてしまう。

さらに追い打ちとばかりに首筋に剣を当てられ、身じろぎすらできない。

「あなた、やってくれたわね……」

「えっと……どういう、ことでしょうか」

「あなたは、あたしの趣味の邪魔をしたのよ！」

彼女はよりいっそう目つきを険しくして、俺を睨む。

「えー……あーその、趣味……ですか？」

聞き間違いかもしれないと、問いかける。

「そうよ！　あたしはね、さっきわざと捕まったの。そうすれば、調子に乗った馬鹿なモンスターを、ぶっ殺すことが出来るでしょう？」

このお姫様は、なんという良い性格をしているのだろうか。その美しい容姿と性格とのギャップに開いた口が塞がらない。なんとも剛胆な姫騎士だったようだ。

「あの、でもですね。それでもオークって、身体が大きくて力も強いから、苦戦するんじゃないかなって思うんですが……。それに、隊長の棍棒を見たとき、随分焦っているように見えたたし」

「はぁ？　馬鹿にしないでくれる？　あんなの演技に決まってるでしょ。オークなんてあたしにかかれば一瞬で引きちぎれるわよ」

その言葉が嘘でないことは、すぐに分かった。オークである俺をいとも容易く押し倒したことに加え、アリーナにはまったく恐れた様子がない。彼女がやれると言うなら、本当にオークなんて赤子の手を捻るように簡単に殺せてしまうんだろう。

「それにあんた、私の敵でしょ？　なんで助けたりなんてしたのよ」

「そ、それは……その」

ぐいっと胸ぐらを掴まれ、顔を引き寄せられる。

久しぶりに近距離で見た人間の女性。

その綺麗な顔が目と鼻先に迫り、緊張で喉がカラカラになった。

なによりも彼女のその目が語っていた——本当のことを言わないと問答無用で殺す、と。

「キミを、助けたいと思って……」

「……はぁ？」

と、再び剣が首筋に当てられた。

「ちょちょちょちょっと待って！　嘘じゃないから！　本当！　じ、実は俺、他のオークたちの考えに辟易してるんだ！」

「……ふぅん？　つまり、どういうことよ」

俺の言葉に興味が湧いたのか、アリーナはひとまず剣を下ろしてくれた。

「あいつら、泣き叫ぶ女の子を無理矢理犯したり、殺したり……。俺はそういうの、ずっと嫌だったんだ！　だって、可哀想だろ!?　だから、俺はそういう対象になるような人を、ずっと助けたいって……思ってたんだよ！」

「……」

アリーナは値踏みするように、俺の目をじっと見つめた。

すべてを見透かすような彼女の瞳のせいだろうか、俺は余計なことまで口走る。

「それに、こんなに可愛い子があいつらに捕まってたら、助けないわけにはいかないだろ」

その言葉に、アリーナは心底驚いたように目を見開き、固まった。

フルフルと震えだし、顔まで赤くなった彼女は——。

「ふっ……ふふ……あはははは！　いーっひっひっひっ!!　はひーっ！」

突然、アリーナは腹を抱えて笑い出した。

「あっ、あんた……ひひっ、最高！　気に入った！」

バシバシと頭を叩かれる。

アリーナは立ち上がり、俺の手を取ると、強引に立ち上がらせた。身長差はかなりあるのに、彼女は力強かった。

「でもね……」

微笑を浮かべながら、アリーナは俺をボロい椅子へと誘導する。

なすがままにされた俺は椅子に腰掛け、その美しい顔にまだ見惚れていると、アリーナは妖艶な手つきで俺のアゴに手を這わせた。

「あたしの楽しみを奪ったんだから」

ぺろりと艶めかしく舌なめずりをして、アリーナは囁いた。

「お仕置き、しなくちゃいけないわよね？」

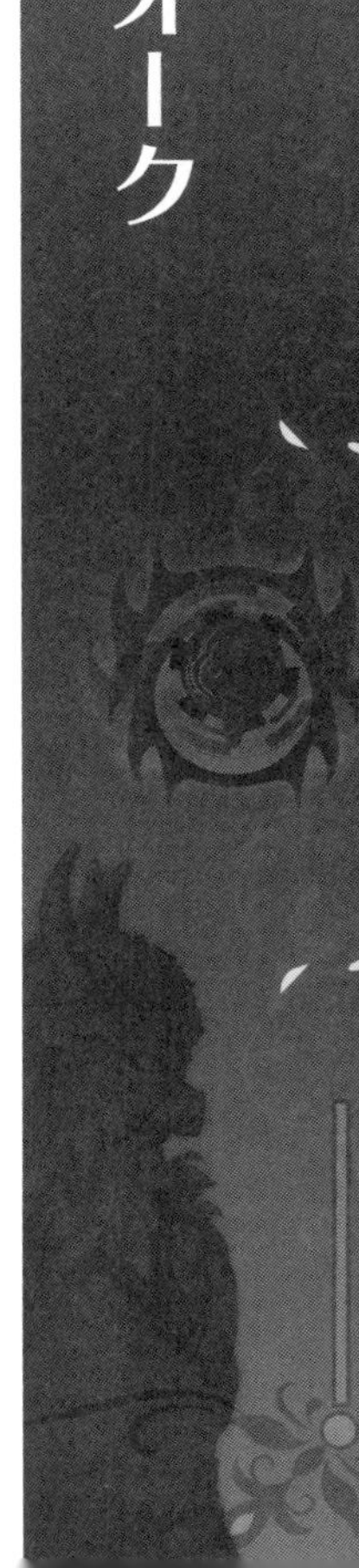

第二話 襲われたオーク

「ふふっ」

色っぽい笑みをアリーナは浮かべた。その表情や、おもむろに俺の肩に置かれた手には、どことなく危険な雰囲気が漂っている
「ちょ、ちょっと、えっと、何してるんですか？」

これはまずいぞと、椅子から立ち上がろうとすると、肩に置かれた手に力がこもった。相当な力が込められているのか、まったく立ち上がることが出来ない。

「だめよ、逃がさないんだから」

アリーナは腕の力を抜かないまま、俺の座る椅子の後ろへ回り込む。そして俺の両腕と身体を、素早く器用に縛り上げた。

「なっ何を……」

「何って、決まってるでしょ」

首元に顔を近づけられ、耳に息を吹きかけられる。

「ホアッ!?」

こそばゆい感覚に、全身に鳥肌が立った。

「可愛い……」

縛り上げられた俺の反応を楽しみながら、アリーナは俺の真正面へ移動する。ただでさえ好戦的に見えるそのツリ目は、獲物を捕らえた鷹のようだった。

そして、アリーナはしゃがみ込み、俺の股間を覆う薄い布を剥ぎ取った。

「つ！　……勃起してないのに、すっごく大きい。それに、ズル剥け……。やっぱりオークのちんちんって、凄い……」

想像以上の大きさに驚いたのか、アリーナはごくりと唾を飲み込んだ。

恐る恐る、といった具合にペニスを手に取ると、親指と人差し指を使って摘まみ上げる。

「ちょ、ちょっとまっ……おフッ！」

しなやかな指使いで、圧迫するようにクニクニと俺の息子が弄られる。その刺激にペニスへ血が流れ込み、甘勃起状態となってしまう。

「まだまだ、こんなもんじゃないんでしょ？」

起き上がり始めた俺のペニスにしっかりとした刺激を与えようと、それまで摘まむように当てていた指をわっかにして、竿を握り込み、上下に動かし始めた。

「私が許可を出すまで、射精しちゃダメだからね……」

意地の悪そうな表情をして、アリーナは俺にそんな命令をした。

「もし出したら……どうなるか分かるかしら？」

その目には明らかな殺意が籠もっていた。

「うっ……」

竿の根元からカリ首まで、ゆっくりとシゴかれる。陰茎全体に快感が押し寄せ、気が付けば俺のペニスは立派にそそり勃つまでになっていた。

「まだまだ、こんなもんじゃないでしょ？」

アリーナは硬くなったペニスに小さな鼻を押しつけ、クンクンと臭いを嗅いでくる。直にかかる鼻息に俺のペニスはビクビクッと跳ね回り、アリーナのすべすべとした肌を襲う。軽く頬に触れただけなのに、それがまたなんとも言えず、気持ちが良い。

「がまん汁、出てきてる。雄の臭いがむわぁって……癖になっちゃいそう」

暴れ回る息子を受け入れるように、アリーナは自分の顔を率先してこすりつけてきた。頬骨と鼻の固い感触と、モチのような弾力のある頬肉のハーモニー。

「ハァッ……！　くっ……う」

あまりの気持ちよさに、勝手に腰が浮いてしまう。

いきなり腰を突き上げられたアリーナは、反動で顔を離した。

「……あたしね。ずっとやりたいことがあったんだ」

虚空に腰を突きつける俺を眺めながら、アリーナはもったいぶったように話し始めた。

「ふっ……！　くぅ……！」

だけど、そんな話を聞いている余裕なんてなかった。尿道を駆け上がろうとする精液を我慢するのに、精一杯だったからだ。

ちょっと触られて、顔をこすりつけられただけで射精してしまうなんて、恥ずかしすぎる失態を犯すわけにはいかない。

そんな俺の必死の頑張りをじっと見つめ、アリーナは話を続ける。

「オークって、本当に野蛮だと思うのよ。欲望を満たすためならなんでもするじゃない？　特に性欲を処理するために女を攫うなんて、日常茶飯事。あたしの仲間だって何人もオークに犯されたわ」

話を続けるうちに、だんだんとアリーナの息づかいが熱っぽくなっていく。

「そのたびに、あたしは思ったの。ああやって女をおもちゃのように扱うオークたちを、逆におもちゃみたいに犯してみたいって……」

今にもはち切れそうな俺の息子を力強く握りしめた。

「うぎぃ!?」

あまりにも強く握りしめられたことで、流れ込んでくる血の逃げ場がなくなり、ペニスがパンパンに腫れ上がった。

「あれぇ、どうしたの？　さっきよりがまん汁溢れてきてるけど……？」

アリーナは滴る透明な汁を指に絡ませて、カリ首に塗りたくる。

それでもなお余るぬめりは陰茎に流れ落ち、ペニスをコーティングしていく。

ぬめったペニスを、アリーナはさらに激しく責め立てる。

はじめは焦らすように優しく、ゆっくりと竿をシゴく。血流がよくなり、陰茎はさらに硬さを増していく。

「どんどん硬くなってくわね。恥ずかしくないの？」

そう言われても、答える余裕はない。かわりにうめき声を漏らして応える。

「ふふ……」

俺の反応がお気に召したのか、アリーナは目を輝かせた。

限界近くまで竿が硬くなると、強く握りしめるようにしていた手の形が、再び親指と人差し指で作った輪っかに変わった。

（ま、まずい……！　これはきっと……）

そう思う間もなく、わっかがカリ首に引っ掛かる。竿を攻めていたときとは比べものにならないほどの素早さで上下に擦られる。

先ほどまで感じていた甘い快感とは違う、痺れるような快楽がペニスに襲いかかる。

カウパーのおかげで摩擦が減っているにもかかわらず、火傷しそうなほどの熱を感じた。

「ほらほら、頑張らないと精液出ちゃうよ？」

ただでさえ限界以上に腫れ上がっていたペニスが、さらに一回り大きくなる。

「まだ……。まだよ……？」

竿の根元付近の尿道を、アリーナにぐっと押さえられ、排出されようとしていた体液が強引に止められる。

「うううううぅうううッ!!」

出したくても出せない切なさに、俺はうなり声を上げた。

「そうよ、これはお仕置きなんだから、苦しまなきゃ……でしょ？」

ごしゅり――と、アリーナは空いていたもう一つの手で力強く陰茎をシゴき上げた。

（ひ、ひいいいいいぃ!!）

それも一度では終わらず、二度三度、四度とペニス全体に衝撃を与えていく。

「ほらっ！　ほらっ!!　どう？　どうなのよ!?」

「うぎぃ……」

精液を出してしまわないようにと、腰に力を入れるが、衝動を殺しきれずに腰がガクガクと揺すられる。

「まだまだ余裕そうねぇ？　なら、これは？」

手を袋のような形にして、カリを包み込む。

きゅむきゅむと、アリーナの指が俺のカリを揉む。柔らかい肉が、弾力のあるカリの肉とぶつかり合った。

それが合図だ、と気が付いたのは、彼女の責めが始まってからだった。

手首を使ってこねくり回すように、激しく手首が動かされる。

「ちょ――！　ちょっとまっ！　それやばっ!!」

先ほどまでの手淫は手加減されていたようだった。

まったく予想出来ないタイミングで、我慢仕切れないほどの快楽が押し寄せる。

「あぃーーー!!　ぐぅう!!　ひぁ！　だめ、やめ……て……」

ぐちゅりぐちゅりといやらしい音が、絶え間なく小屋の中に響き渡る。

「むーーり！　もう出る!!」

ペニスがブルブルと震え、痛いほど膨張した。

それでも指の蠢きは止まらず、アリーナは射精の許可を出さない。

「あははは！　いいよ最高！　可愛い、可愛い!!」

それどころかさらに手の動きは速くなり――。

「グオオオオオッ!!」

「よし、いいよ！　出しなさい！」

限界をむかえて咆哮を上げたところでようやく、その許可が下ろされた。

脈動するペニスは、膨大な量の精液を吐き出していく。

「きゃっ！」

あまりの勢いと量に、アリーナは精液を避けることが出来ず、美しい顔を白濁に染める。精液の勢いはまだまだ止まらない。

俺の精液はアリーナの胸に腕に太股にと降り注ぎ、全身を汚していく。

「……あっはぁ。んむ……ちゅぷ、んぐっ」

アリーナは顔にかかった精液をすくい取り、それを口へと含んだ。

「どう気持ち良かった？」

「うぅ……うあ……」

強い快楽を伴う射精をしたせいで、俺は彼女の問いかけに、上手く言葉を返すことができなかった。

第三話 姫騎士×オークの本番

すべてを出し切ったことで全身に脱力感がまといつき、ぐったりと椅子に背中をもたれかけさせた。

「はぁ……お、終わったなら腕、解いてくれよ……」

俺のペニスから手を離したアリーナに頼み込む。

だが、アリーナはまだ、俺の股間に視線を固定させていた。

「……ゴクッ」

生唾まで飲んでいる姿に疑問を持ち、視線を下ろしてみると、俺のペニスはまだまだ元気に屹立している。

「あんなに射精したのに、まだこんなに元気だなんて……」

「うっ……！」

さっきの快感の余韻が残っていて、俺の意思とは関係なしにびくびくと痙攣しているペニスを、アリーナはツンとつつく。

「ねぇ、もっと気持ちいいことしたくない？　……したいわよね？　ほら、あたしのココ、見て？すごくびちょびちょになってるわ」

鎧のスカート部分がまくられ、愛液で水浸しになったパンツが顔を出す。その夢の三角形は濡れたことでぴったりと張り付き、彼女のワレメを浮き上がらせていた。

「おまえの反応が可愛いから、こんなになっちゃったんだから」

そう言うとアリーナは、俺の膝へと椅子に腰掛けるように座り、胸に背中を預けて跨がった。

「ちょ……!?」

急激に後頭部が近付き、彼女の匂いが鼻孔をくすぐる。清潔な石けんの香りとむせかえるような雌の匂いが混ざったような、脳みそがとろけてしまいそうな匂いだった。

「うっ！」

女の身体から漂う芳香に気をとられていると、くちゅりという水音とともにペニスがアリーナのワレメの入り口に押しあてられた。

だが、それ以上彼女は腰を落とさずに、焦らすように腰を上下に振る。パンツに染み込んでいた彼女の粘液が、カウパーでべとべとになった俺のペニスに上塗りされていく。

「おまえのおちんちん……わたしのおまんこでペッティングしただけで、びくびくってなってる……。ほら、頑張れば入れられる距離に女のおまんこあるよ？　頑張って腰を突き上げておまんこじあけてみなさい。ほら……ほら！」

「ふっ……！　ふっ……！　ううぅ!!」

挑発的な腰の動きに、たまらず腰を突き上げる。何度も何度も、彼女のワレメを目指して。だが、アリーナは巧みな腰使いによって、俺の突きを寸でのところでかわしていく。

そのたびに、肌触りの良い彼女のパンツが亀頭をこする。

「そんな下手くそな腰振り……んっ、それじゃいつまでたっても、んあっ！　あふぅ……おまんこできないわね！　ふふっ、仕方ないから、私が見本を見せてあげる……」

アリーナが自ら、じれったそうにびちょびちょに濡れたパンツを横にずらすと、俺のペニスが今度こそ彼女のワレメの入り口にセットされた。

「んんっ!!」

快楽の声を必死で堪えながらアリーナは、俺のペニスを一気に根元まで咥え込んだ。

「おふっ!?」

ゴツリと、最奥にカリが押し込まれた衝撃でアリーナが野太い声を漏らした。

「さっ……さすがオークチンポね……。身体の中に鉄の棒が刺さっているみたい……」

だけど俺はそんなことに気を配っている余裕はない。なぜなら――。

「あ……!　お……あっお、俺の……はじめて……が」

現実世界にいたときからも含めて、正真正銘の童貞チンコが、初めての柔肉に包まれる。しっかりとしたヒダがカリを擦り、確かな刺激を与え、きついくらいの膣圧が陰茎を締め上げる。

「え？　あんた、オークのくせに童貞……だったの？」

思わず漏らしてしまったその言葉を、アリーナは聞き逃さなかった。

「へぇ……そうなんだ。ふふ、へぇ……えいっ」

アリーナの腹に力が加わった。ぐっと縮小した腹筋の影響で膣がそれまで以上にペニスを絞める。

「ぐぅ……！」

強欲に精液を搾り取ろうとするマンコの刺激を、腰に力を入れることで必死に耐える。一度、大量に射精していたおかげでなんとか耐えることができたが、あまりの刺激に腰が抜けてしまった。

「こんなに腰ふるわせて……、動けなくなっちゃった？　ま、童貞じゃ仕方ないか。しょうがないから、あたしがおちんちんゴシゴシしてあげる♪」

ぬるりと、アリーナは腰を持ち上げた。膣圧でペニスが引っ張り上げられ、腰が浮いてしまう。

だけど、いつまでも持ち上がっているわけもなく、自重で徐々にずり落ちていく。

少し下がるごとに、肉ヒダがカリ首に引っ掛かり、目の前がチカチカと点滅した。

膣に敷き詰められたヒダが連続でカリをブラッシングし、磨き上げる。

一度射精していなければ、すぐにでも果ててしまっていただろう。金玉に入っていた精子はからっぽになっているせいで、襲いかかってくる快感を、射精というクッションで受け止めることができない。だけど、今はすぐに射精できないことが地獄に思えた。

「逃がさないから」

外へと抜け出ていた肉棒は、アリーナが腰を落とすことで、再び子宮口まで咥え込まれてしまった。そしてまた腰が持ち上げられ、それがずり落ち、何度も咥え込まれる。

ときには素早く、ときにはゆっくりと。俺のペニスと精神を嬲(なぶ)っていく。

これにはさすがに空っぽになった睾丸も根を上げて、ぐんぐんと新しい精子が作られていく。作られた精子は次々と玉袋へと送られ、すぐに金玉が膨れあがった。

そして、欲望の赴くままに射精の準備が整った。

「も……で……」

我慢の限界を感じ、情けなくも出そうなことを報告する。すると、

「あら、ごめんなさい」

アリーナは急に膣圧を緩め、俺のペニスをマンコから抜いてしまった。

「あ……そ、そんな！」

真っ赤に充血したペニスがどくどくと数度脈打ち、膨張する。数秒時間が経過すると、自分の力だけでは精液を吐き出すことができないのだとペニスは悟り、もとの太さへと戻っていった。

「そう簡単に、あたしがおまえをイかせると思う？」

「お願いします……！　射精させてください！　頭が変になりそうだ！　お願いしますお願いしますお願いします!!」

「……そんなに射精したいの？」

気持ち良く射精できないことが辛くて辛くて、俺はいつのまにかアリーナへ懇願していた。

「は……はいぃ!!」

「どこに？　あたしのどこにおまえの汚い体液を吐き出したいの？」

「はっ……はっ。な、なか！　マンコの中に出したい……ですぅ!!」

目から自然と涙が零れた。

「……はぁ？」

アリーナは辛辣な反応を見せる。とっさに謝ろうと、俺は泣きそうになりながら口を開いた。

「ご、ごめんなさ……」

しかし、アリーナはそんな俺を遮り、言葉を続ける。

「まったく、この豚はどこまでも自分の欲望に忠実なのね。……いいわ、あたしも楽しませてもらったし、その分不相応な願いごと、きいてあげる！」

「ひっ……ひっ！」

アリーナは限界まで硬くなったペニスを勢いよく腹の中に飲み込んだ。

滴る愛液が肉の壁に弾け、床へと飛び散った。

「さぁ、いくわよ？」

アリーナの腰が、助走を始める。はじめは、焦らされていると思うほどゆっくりと腰が上下していた。だが、次第にそれは滑らかなピストン運動へと変わっていく。

「あぁ……良い、オークチンポ最高！　子宮が突き上げられて、お腹ぽかぽかしてる！」

あまりにも激しい上下運動に、椅子がキィキィと悲鳴を上げる。

それでもなおピストンは激しくなり、肉と肉がぶつかる音が、小屋の外に漏れ聞こえてしまうほど大きくなった。

「くっ……ううぅ!!　うぐっ!!　あぁ!!」

「そう……もっと顔をゆがめて、可愛い顔をあたしに見せなさい……！」

許容オーバーの刺激に表情が歪む。

「ほら、出しちゃいなさい!!」

ぎゅっと、急に膣が伸縮した。天国の階段を昇っていくような快楽の奔流に身を任せ——。

「いっくぅう!!」

アリーナの中心に特濃の精液を吐き出した。

第四話 姫騎士のお楽しみ

「はぁ……はぁ……はぁ……」

「ふぅ～……ふぅ～……」

部屋の中には、俺とアリーナの荒い息だけが聞こえる。

腰を激しく振った疲れからか、アリーナは全体重を背後の俺に預けている。

「本当に凄いわ……。あなたのおちんちん……」

二度目の大量射精を終えたはずのペニスは、いまだ衰えず彼女の身体を貫いている。

アリーナの右手が俺の顔に優しく触れた。

「あたし、あなたを気に入ったわ。だから、このままもう一度……んちゅ」

俺の口が唐突に塞がれる。

「ちゅぱ……ふふっ」

いきなりのキスに驚いていると、アリーナが軽く腰をスライドさせる。

このまま身を任せようと思ったが、ぴたりと腰の動きが止められる。

「今度はあなたも動きなさい。縛られているからって、それくらいはできるでしょう？」

「は、はい！」

窮屈な姿勢ではあるが、アリーナの命令に従って、俺は必死に腰を振り始めた。

「……あうんっ！　オークチンコが、また子宮押してくる！」

ストロークを大きくは出来ないので、図(はか)らずも、ごつ、ごつ、ごつと細かく、彼女の奥を小突くような動きになってしまう。

「んっ、あふっ!!　子宮ごつごつされるの、いい……」

それが功を奏したのか、俺を責めているときとは明らかに違う反応をアリーナは見せ始めた。だけど、ただされるがままのアリーナではない。自分でもグラインドさせてペニスに刺激を与えてくる。

「んんっ……どうしたの。あんっ、余裕が、ないみたいだけど？」

「くっ……うっ、だってこんなすごい動き！」

アリーナの動きが凄すぎて、腰に力が入らない。ただ突き上げては下ろすを繰り返す。

「これくらいで根を上げてちゃ、あたしを満足させることなんて出来ないわよ？」

（だめだ……このままじゃ……）

その言葉を聞いて、俺は焦りを募らせた。いくらついさっきまで童貞だった俺でも、アリーナの言葉の意味にすぐに気が付いた。単調な動きが続けば、膣内は刺激になれてしまうのだ。

「はっ……ふっ……うぅん……」

先ほどまでの艶っぽい声は、子宮を押し上げる衝撃で吐き出される、くぐもった息づかいに置き換わっていた。だが、椅子に座らされ、腕を縛られた状態で出来ることは少ない。

（なにか……なにかやらないと）

彼女が背後の俺をのぞき見る。その目は、やれるものならやってみろ、と言っているようだった。

こんな美女に挑発されたら、受けない理由がない。俺は腰を揺すりながら必死に頭を回転させた。

（あ……！）

そして、天啓ともいえる妙案を思いついた。

「それじゃあ……ぺろっ」

必死に腰を振りながら考えに考え、出した答え。それはアリーナの首筋をペロペロとなめることだった。スクワットのような動きで腰を振っていたため、アリーナには玉のように汗が浮かんでいる。それを舌ですくうと、ほのかに美少女の塩気を感じた。

「……ぺろ、ぺちゃぺちゃ」

「んはっ!!　んふっ……んはぁ!?」

その効果は絶大で、彼女はあからさまに官能の声を上げた。

「ちょっと……んふぅう!!」

舌を動かすたびに、アリーナの膣がきゅっきゅと締め付けてくる。一心不乱に舐め回していると――。

「……なに勝手なことしてるのよ！」

「ウグっ!?」

アリーナは俺を睨み付けると、アゴをがっしりと掴む。強引に顔を動かされ、振り返るアリーナと目が合った。

「誰があたしのこと舐めていいって言ったのよ。確かに満足させろって言ったけど、小細工しろなんて言ってないわ」

喜ばせようとしたその行為は、彼女にとっては余計なものだったらしい。

その瞳には、明らかな怒りの炎が灯っていた。

「これは、おしおきが必要ね……」

掴まれた指に力が入り、俺の両頬がへこむ。

「その口で、勝手に悪戯されないようにしないといけないわ」

強引に開けられた口を覆うように、アリーナがキスをする。

「ングッ!!」

しかも、さっきされたような、軽いやつじゃない。口の中に蠢く肉が入り込んでくる。

「んむっ……ちゅっ、ちゅぱっくちゅ……」

普段、他人に触れさせることのない場所をまさぐられる。舌と舌がからまりあい、その熱でトロトロに溶けそうになる。ぴちゃぴちゃとわざとらしく水音を響かせながら、俺の口の中を犯している。

「んぶっ……おぁっ……」

「キスに集中するのもいいけど、ちゃんと腰を動かしなさいよ」

ずっと俺の口を塞(ふさ)いでいたせいだろう、息切れする彼女の頬は、ほんのり赤く染まっている。

「ほめんなふぁい……」

さんざん口の中をかき回され、呂律が回らない。

言われるがままに腰を動かすと、彼女は満足げな表情を浮かべ、再び俺の口を塞いだ。

アリーナの身体がゆすられ、その振動が舌を伝い、俺の口の中も細かく震える。

その彼女とのシンクロが、何ともいえず気持ちいい。

「そう……いい。それでいいのよ」

満足げな彼女の様子に、俺は嬉しくなって色々な角度で腰を突き上げる。ときたま腰をくねらせて、適度な刺激を提供した。

「あんっ、ああ!!　あふっ!　ンあっ!!」

今度こそアリーナを感じさせることができているのか、喘ぎ声が押さえきれなくなっている。

「あふっ……。あ……そろそろ、イッちゃいそう……」

膣の中が痙攣し始め、アリーナがそろそろ限界だという合図を送ってくる。

「くっ……うぅ、んんんっ!!」

アリーナは口を押さえて、大声を出さないようにしながら嬌声を漏らす。だが、ぶるぶると身体は震えていて、どうやらアリーナは軽く達したようだ。

「ぅうう!」

それと同時に俺のペニスも暴発し、彼女の中へ再び精液を吐き出してしまう。

どくりどくりと脈打つペニスからあふれ出す精子を、アリーナはすべて受け止める。

「はぁ……はぁ……。まだ、腰振りを止めていいなんて言ってないわよ……」

その命令に、俺は子宮の奥深くまで突き入れ、子孫を残そうと跳ね回るペニスを仕方なく動かす。

こりっと存在を主張していた子宮口をもっと犯すために、オスの本能が腰を浮かせた。

「あひっ!!　あっは!　イッたばかりだと、気持ちいいの凄い!!　オークチンポですぐ、目の前真っ白になる!!　もっと、もっと頑張って腰を動かしなさい!!　もっとぉ!　もっと激しく!!　椅子が壊れちゃうくらいの勢いだしなさい!!」

「うわあああ!!」

指示に従って、悲鳴を上げる椅子を無視して腰を振る。アリーナの子宮口が、少しずつ俺のペニ

スの先端の形にへこんでいくのが感じられた。

「んあぁあぁ!!　んくぅ!!　子宮、ごりごりされて……すごっ」

貪欲に気持ちよさを求めて、アリーナは腰を上下左右に揺すり始めた。

「うくッ……！」

滑らかに動く腰の刺激に思わず声が漏れる。それでも彼女を満足させるために、腰を必死で動かす。

「あうぅ!!　もっと、もっと!!　んあぁあぁ!!」

雄叫びのような嬌声を上げて、アリーナはひときわ大きく、身体を痙攣させた。

「うっ……うぐおおお!!」

アリーナの膣は痛いほど俺を抱きしめ、射精をねだる。おねだりされたペニスは、その要求を断り切れずに脈動した。

「イクッ！　ま、またおまんこ気持ち良くなるっ!!　あふっあぁあ!!」

「んぐぉおおおお!!」

海綿体が限界を超えて膨張し、はち切れるのではないかという痛みを感じながら、勢いよくアリーナの中に精液を吐き出した。アリーナも膣を痙攣させて、その射精をサポートする。

二度三度、アリーナの内側で暴れるペニス。その動きに合わせて、アリーナは何度も絶頂した。

ふっと、アリーナの身体から力がぬけ、倒れ込む。

ずるりと音をたてながら、アリーナのワレメから俺のペニスが抜け落ちた。

「はぁ～……はぁ～……んっ……はぁ……はっ、は～……」

床に倒れたアリーナの下半身が、びくっびくっと痙攣する。その姿がまた、たまらなくエロかった。

第五話
奇妙なコンビの誕生

なかでは、限られた強者でなければ名前なんて与えられない。


「そういえば、まだあんたの名前聞いてなかったわね」

「そうだった。って言っても、俺には名前なんてないんだ」

転生前にはもちろんあった名前だけど、オークになってからはその他大勢のひとりだ。オークの
「ふぅん……そうなの」

思案気に口元に手を持っていくと、アリーナは少しの間、考え込んだ。

「じゃあ、今からあんたの名前はナオークね」

「ナ、ナオーク……？」

すごい適当に考えられた感じがして、どことなく不満が残る。

「なに？　あたしが考えた名前に不満があるの？」

あからさまに顔に出ていたのか、恐ろしい形相でアリーナが俺を睨み付けた。

「い、いや……別にそういうわけではない、です」

「そうでしょ？　なら決定。よろしくね、ナオーク」

アリーナは満面の笑顔を浮かべ、手が差し出してきた。

「……？」

その差し出された手が何を意味しているのか、理解出来ずに首をかしげる。

アリーナの顔色を窺うと、いつまで経ってもその手を取らない俺に苛立っているのか、頬が引きつっている。ここは、怒りが爆発しないうちに聞いたほうがいいだろう。この質問をすることで彼女はきっと怒るだろうが、何もしないよりはマシだ。俺は意を決して声を絞り出した。

「……えっ、あの、この手はいったいどういった意味で……？」

「は？」

案の定、アリーナはキツい視線を俺にぶつけてきた。

「言ったでしょ、あんたが気に入ったって。それに、まったくピンチじゃなかったけど、あたしをオークから助けてくれようとしてくれてたのなら、悪い奴じゃないんでしょ？」

想定外の答えに、俺は口をぽかんと開けて、固まった。

「だから、あたしと一緒に旅しましょうよ。……なに、もしかして嫌なの？」

「そんなこと！　是非ついていきます！」

比較的小柄だとはいえ、オークである俺を組み敷いて犯すことを趣味とする程の力を持つ彼女。

しかし、それがどうしたというのか。俺の夢を叶えるための大チャンスが目の前に転がってきた。

乗っからない理由はない。それに、このまま村に帰っても、オークたちからは嫌がらせを受ける毎日が続くだけだ。ならいっそ、アリーナについてったほうがお得なはずだ。

（あわよくば、さっきみたいにエッチできるかもしれないし……）

さすがに期待しすぎかもしれないけど、彼女のほうから俺を襲ってきたことを考えると、期待しておいて損はないはずだ。

「それじゃあ改めて、あたしはアリーナ・ビブ・アルダグ。由緒正しい姫騎士よ。よろしくねナオーク」

「はい、よろしくお願いしますっ！」

「ふふっ、良い返事ね。それじゃあこれからはあたしのことを、アリーナ様って呼びなさい。あと、敬語で話しかけなさい」

元気よく挨拶をした俺に、アリーナ様は不敵に笑いかけてくる。俺はその命令を、断ることが出来なかった。

※　※　※

「それで、あたしがこれから向かおうとしてる場所なんだけど」

オークの襲撃に遭（あ）った村を救ったアリーナ様と俺は、森の中で倒木に腰を落ち着かせながら、次の目的地について話し合っていた。

「エルフの力を借りたいと思ってるのよ」

サンドイッチを頬張りながら、アリーナ様は言った。

「……エルフの力、ですか？」

「そう。いくらあたしが強いとはいえ、さすがに魔王軍とやりあうには、戦力が必要なのよね」

「魔王軍とやり合う!?」

冗談で言っているんじゃないか、という内容に目を見開く。

「そう、やりあう。戦争よ。もちろん、本気。オークの十や二十くらいなら数の内に入らないけど、一度にそうね……百匹とかで押し寄せてきたら、さすがのあたしも多勢に無勢だし……ちょっとくらい戦力が欲しいのよね」

むしろそれくらい集まらなければ、この人にとっては驚異でもなんでもないという事実が、俺には信じられなかった。

「そこでエルフってわけ。実は、ちょうど近くにエルフの里があって、そこにも凄腕の姫騎士がいるって噂を聞いたの。そいつと手を組みたいと思って」

「断られたりってことはないんですか？」

エルフといえば、ファンタジーの世界でも多種族嫌いでかなり有名だ。そんなエルフが、人間であるアリーナ様の頼みを聞いてくれるのだろうか。

「関係ない。断られたら屈辱的な敗北を味わわせて、逆らえないようにすればいい」

なんて傍若無人なんだろう。この人に喧嘩を売られる人が、可哀想でならない。

「ちなみに、その噂の姫騎士の実力って、どんなもんなんですか？」

「うーん、噂ではかなり強いらしいんだけど、エルフってあまり人と関わらないから、実際どうなのか分からないのよね」

「そ、そうなんですね……」

アリーナ様の命令に素直に頷いてくれる人でありますように……俺はそう願うことしか出来なかった。

「よし、じゃあ十分休憩も取れたし、目的地に向かいましょうか！」

倒木から飛び上がるようにして立ち上がり、やる気満々だと言わんばかりに腕をぐるぐると回した。

（はぁ……）

心の中でため息をつきながら、俺もそのあとに続く。

「ここから、そのエルフの里までどれくらいかかるんですか？」

「そうね……だいたい一週間くらいかかな」

「一週間!?」

きっとアリーナに毎日振り回されるに違いない。その日数に、気が遠くなるのを感じた。

※　※　※

「……ナオーク。ここから先がエルフの領地よ」

森を歩き続けて丁度一週間が経った頃だった。ぴたりと足を止めたアリーナ様は、手を上げて俺の歩みを制すとそう宣言した。

「気をつけて。ここから先で迂闊なことをしたら、問答無用で矢が飛んでくるから」

「うっ……」

いやがおうにも緊張が走る。ただでさえ俺は、オークの姿なのだ。

「オークだからって、見つかっただけで撃たれたりはしませんよね……」

「そんなに緊張しなくても大丈夫よ。あんたにはあたしがついてるでしょ」

いつもの強気な態度がここまで頼もしいと感じたのは、この旅が始まってから初めてだった。

「は、はい！」

「何を涙ぐんでいるんだか……ほら、行くわよ。あたしについてきなさい」

アリーナ様は呆れながら俺の手を取り、森を進み始める。アリーナ様の言ったとおり、オークの俺がエルフの森を歩いていても、何の警告もなしに矢を射かけられるようなことはなかった。ただ、不気味なほどの静寂が森全体を包んでいるようだった。

風に揺れる木の葉の音も、虫の囁きも、まったく聞こえてこない。

「一応、警戒しているんだろうね」

俺が何を考えているのか見透かしたように、アリーナ様は言葉を漏らした。

「さて、もうそろそろだと思うんだが……」

何かを探すように、アリーナ様は辺りをキョロキョロと見渡した。釣られて俺も首を左右にふるが、何か目新しいものが見つかるわけでもなかった。

「この近くに、エルフの城があるはずなんだけど……」

「見当たりませんね」

「結界が張ってあるのかも……う〜ん」

腕を組んで考え込みはじめるアリーナ様。俺はその横で、そんなアリーナ様の横顔を見つめる。

こんな状況じゃ、俺が口を出したところで焼け石に水だ。案が出るまで、大人しくしていよう。

「……ふん、良いことを思いついた」

「何か思いついたんですね！　さすがです！　それで、どんな作戦なんですか？」

「エルフは森を傷つけられることが嫌いだろう？」

それだけでもう、なんとなく察しがついた。

「ちょっと待ってください！」

さすがに止めにはいるが、アリーナ様はまったく聞く耳を持ってくれない。

「だから……こうする！」

剣を引き抜くと、いきなり手近に生えていた木へ振り下ろした。

「つと！」

切っ先が突き刺さる直前、どこからともなく飛んできた矢が、アリーナ様の剣を弾く。

「森を傷つけるものは――」

「決して許さぬ」

「裁きを受けろ！」

気が付けば俺たちは、数えることすら困難なほどのエルフに囲まれていた。

※　※　※

俺たちの目の前に、見目麗しく威厳たっぷりなエルフの姫が座っていた。

「貴様らか、森を傷つけようとした愚か者は」

囚われた俺たちは、アリーナ様の（ありえない）作戦によってエルフの城への侵入を成功させた。

「お初にお目にかかる、エルフの里の姫よ。我が名はアリーナ・ビブ・アルダグ。王家に生まれ、この国土を治める器をもった者だ」

アリーナ様は自分が何をしでかしたのか、まるで分かっていないような傍若無人な態度で、エルフの姫に話しかけたのだった……。

第六話　激突、エルフの城

「人間の姫か。私はエルフの里を治める姫であり、里を守る騎士のエルゼだ。しかし、人はもう少し理性的な生き物だと思っていたが、随分と野蛮なのだな」

腕を組んだまま強気にエルフの姫を睨みつけるアリーナ様の瞳には、確固たる意思が感じられた。

「それはすまなかった。ただ、引きこもって出てこないエルフのお姫様に、どうしてもお会いしたいと思いまして」

「……つまらん用件ではないだろうな？」

エルゼはちらりと俺にも視線を向け、不愉快そうに目を細めた。

オークである俺が、エルフにどんな印象を持たれるか……。ここに来るまでに何度も想像した。心の準備はしていたとはいえ、そこまで露骨に敵意を向けられると、さすがに居心地が悪い。

俺はエルゼから視線を逸らし、連れてこられた大広間を眺めた。

天井を支える柱が無いのは、この城がエルフの魔法で建てられている証拠だ。こんな凄いことが出来るなんて、さすがはエルフ族。

それ以外にも、壁に施された装飾も凄い。匠の技と言わざるをえない細工が壁一面を彩っている。淡く発光していることから、ここにも何かしらの魔法が働いているのが窺（うかが）えた。

もし下手な発言をすれば、ここでは何が起こるか分からない。

「もちろんだ」

そんな状況でも、アリーナ様は挑発的な態度を崩さずにまた腕を組む。

勝ち気なアリーナ様の態度に多少興味が湧いたのか、エルゼは椅子から立ち上がり、アリーナ様の目の前へと進んだ。

「ほう、それで？　そこまで自信がある、私を楽しませることが出来る話題とはなんだ？」

こちらもまた、強気な態度で話を進めようとするエルゼ。

（アリーナ様相手にここまで強気に出られるなんて、このエルフの姫も相当気が強いな……）

アリーナは言わずもがな、ここまで話を聞いた印象として、彼女も自分の主張を曲げそうにない。

そんなエルゼに納得させるためには、話の進め方が重要だ。

内容が内容だ。まずはこの世界の現状を憂いて、魔王軍がどれほど世界平和を疎外しているのかを確認し合ってから、本題に入るべきだろう。

（どうするんだろう……？）

そんな交渉の意思を、アリーナ様が持っているだろうか。

いや、決してアリーナ様を疑っているわけではない。仮にも彼女は、一国を治める王家の姫だ。

小さい頃から政治的な話し合いには触れているはずだし、大丈夫。アリーナ様を信じるんだ。

するとアリーナ様は、自信満々な笑みを浮かべながら、言葉を放つ。

「あたしたちはこれから、魔王軍に喧嘩を売ろうと思っている」

……俺は思わず頭を抱えた。

こんなことってあるだろうか……。話し合いを放棄して自分の目的だけを、堂々と。

（いや、まて……そういえば……）

あの村でアリーナ様が言っていた言葉を思い出す。

エルフの姫が言うことを聞かなければ、逆らえないようにする。

……あの言葉は本当だったんだ。アリーナ様は本気でこのエルフ姫が自分の要求を飲まなかったら、勝負で負かして言うことを聞かせるつもりだ……。

アリーナ様が堂々と宣言すると、周囲に集まっていたエルフたちがざわつきはじめた。

「なんだと!?」

「魔王軍に喧嘩を売る!?　あいつは何を言っているんだ！」

「本気で言ってるのか！」

エルフたちのその意見に、俺は力強く頷いた。まったく同意せざるを得ないがアリーナ様は本気だ。

だが騒ぎ始めるエルフたちを、エルゼが睨み付けた。

「うるさいぞお前たち！　静かにしろ!!」

ざわめくエルフたちに、エルゼ姫は一括を入れる。

その一声は広間を揺らし、ざわめくエルフたちを黙らせる。なかなかの威厳だ。

「はぁ……とはいえ」

だけどアリーナ様の言葉は、エルゼにため息をつかさせるには十分すぎるものだったらしい。

「人間の姫、アリーナよ。それは本気で言っておるのか」

「勿論本気で言ってるわ。あたしはエルフと同盟を組むために、こうして里まで足を運んだのよ」

一方でアリーナ様は、さも当然のように応える。

「なるほど……」

エルゼは品定めをするように、じっとアリーナ様を見つめた。

見下すような冷たい視線と、真っ向からそれに立ち向かう熱い視線。ふたりの視線が交わり一触即発の空気を作り出す。先ほどまで騒いでいたエルフたちも、額に冷や汗を浮かべている。

ふたりの間の空間が、じりじりと熱が帯び始める。

「……ふっ！」

その熱が、最高潮にまで達した瞬間。エルゼが剣を抜き、アリーナ様に襲いかかった。

ほとんどゼロ距離から剣閃がひらめき、アリーナ様へ迫る。上段から迫るその一撃は、食らえば容易に肩の骨を粉砕してし、アリーナ様に致命傷を与えるだろう。

そんな一撃を真っ向から受け、しかしアリーナ様はまったく怯まずに最小限の動きだけでそれを避けきった。

「ッ!?」

虚空を断ったエルゼの剣は床を砕き、欠片を飛び散らせる。

「遅い！」

バランスを崩したエルゼに、今度はアリーナ様が剣を抜く。

甲高い音が鳴り、剣がエルゼに叩きつけられて勝負は決着したかに見えた。

「ハッ――！」

だが、エルゼはその一撃を受けきっていた。傍目からは絶対に避けきれないと見えた一撃を受け止めたのは、エルゼの魔法だ。空中にくっきりとした光で、魔方陣が描かれている。専門的な知識がないから詳しくは分からないが、いわゆる障壁みたいなものだろう。

アリーナ様の動きが止まった一瞬の隙をつき、エルゼは距離をとって体勢を立て直す。

一瞬の攻防。少しでも判断を間違えれば、大怪我は免れないやりとりに、俺を含む周りのエルフたちもすぐに部屋の隅へと退避する。

このふたりの衝突は、危険だ。エルフたちもそれを察したのだ。

アリーナ様は、剣を受け止めた障壁さえもたたき割り、相手に向き直る――。

「ダァッ!!」

そこに、烈風のごとく刺突を繰り出したエルゼが迫る。

「ふん……」

その突進に対処仕切れないのか、アリーナ様はその場から動かない。

(避けきれない！　アリーナ様がやられる!?)

瞬間、俺は咄嗟に飛び出そうとしていた。

だけど、間に合わない。エルゼの動きが速すぎた。俺が一歩も踏み出さない間に、エルゼはアリーナ様の間合いへと潜り込み、剣を突き立てる。

「アリーナ様ぁ!!」

無駄だと知りながら、手を伸ばす。目に涙が貯まり、視界が霞んだ。

「……ふん！」

「ぬっ!?」

その刹那に起こった出来事に、目を見張った。

アリーナ様は剣を握るエルゼの手首を掴み取ることで、攻撃を防いでいた。

「アリーナ様!!　す、凄い！」

「当たり前だろうが！　馬鹿にするな！」

しかも、俺の言葉に反応する程度には余裕があるみたいだ。

力比べは拮抗しているようで、お互いの腕がブルブルと震えている。

「チッ」

「ふん！」

弾かれるように、ふたりは距離をとる。

再び相対するアリーナ様とエルゼ。お互いの隙を見逃すまいと、緊張感が増していく。

先ほど交わった剣戟が炎だとするなら、今度の交差は氷だ。静かに、張り詰めた空気が、それを物語っている。

長い……静寂。どちらが先に動くのか、周りの全てが注目していた。そして――ふたりは同時に痺れを切らした。再びふたりの剣がぶつかり合い、金音が響く。

鍔迫り合いだ。その状態からいかに優位をとって抜け出すか……。微妙な力加減での攻防が繰り広げられる。押しては引き、相手を出し抜こうとする繊細な技術。

互いに互いの視線を見つめ合い、次の動きを予測する。

「ふっ……」

「くすっ」

急に空気が弛緩した。

「はっはっはっはっ!!」

「ふふふっ、ふふふふっ」

ふたりは急に笑い出し、お互いに剣を収め、力強く握手を交わした。

「いいだろう。お前の提案、受け入れる」

「そう言ってくれると思ったわ」

何がどうしてそんな確信を得たのか分からないし、なぜ同盟を認めたのかも分からない。

ふたりともやけに清々しい顔をして頷き合っているだけで、周りへの説明をまったくしてくれないのもおかしい。俺の隣にいるエルフだって、信じられないものを見る目でふたりを眺めていた。

「おーい、ナオーク！　話はついたぞ！」

当の本人は、あっけらかんと笑いながら俺のもとに駆け寄ってくる。

「いやぁ、話の分かる奴で良かったよ。は〜疲れた疲れた」

「そういえばアリーナ、そのオークのことを聞いていなかったな。なぜお前はオークなんぞ連れているのだ？」

「えっ、ああ、そうだった」

アリーナ様はひとしきり、俺と出会った経緯をエルゼに話して聞かせた。

「ほう……。なるほどな、それは心強い戦力になる」

その説明に納得したのか、エルゼはうんうんと何度も頷いた。

「よし、それじゃあ、お前らふたりを改めてエルフの里へ迎え入れるとしようか。こっちだ」

そうして俺たちは、エルゼに連れられて、正式にエルフの里へと足を踏み入れた。

第七話
静寂な森の中で

エルゼは森の中を軽快に歩いて行く。アリーナ様は、さくさくとそんなエルゼについて行く。

俺はふたりについて行くのに精一杯だ。少し離れた場所を歩くふたりの背中を、必死で追っている。

「城からはだいぶ歩いたが、ここから先がエルフの里だ。伝達も行き届いているはずだから、ナオークもあまり気負わずに里の中を歩いてくれ」

「そ、そうですか。それは、助かります」

オークの姿をしていることで、出会ったエルフには片っ端から辛辣な態度をとられると思っていた俺に、その言葉はとても心強い。

「だがな……」

と続けたエルゼの表情は、どこか曇っている。

「……な、なんですか？」

ちょっと不安になりながら、聞き返す。

「害のないオークとなると、かなり珍しい。もしかしたら遠巻きに里の者たちが見てくるかもしれないが、悪く思わないでくれ」

「ははは、そんなことで気分が悪くなるなんてこと、ありえませんって」

オークといったら悪の代名詞みたいなものだ。その程度の扱いですむならお安いご用と言える。

そんな話をしている間にも、遠くから複数の視線を感じていた。さっそく噂好きのエルフたちが俺を見に来たみたいだ。注目されているのが分かると、なんだかこそばゆい気持ちになってくる。

そんな状態で、里を案内される。エルフの里と呼ばれている森には、不思議な場所がたくさんあった。

湧く水を飲むとたちまち傷が治る泉や、悪意ある者を迷宮へと誘う草が生い茂る広場など……。

「こんな幻想的な光景、見たことないですよ」

「そうだろう。他にも色々面白い場所があるんだ……ちょっと行ってみるか？」

「え、いいんですか？」

「構わん」

不衛生な村でオークとして育った俺にとって、エルフの美しい森を見て回れるのは嬉しい。

「それじゃあ、あたしはちょっと城に戻ってようかな」

「え、一緒に行かないんですか？」

「ええ、城にあたしたちの部屋が用意されてるんですって。だからちょっとそっちで、荷ほどきでもしようと思って。だから、あんたらふたりで行ってきなさい」

「そうですか……」

もったいないような気がするが、一度言いだしたら聞かないからな……。

「落ち着いたらまたエルゼに案内してもらうわ。いいでしょ？」

「もちろんだ。いつでも案内するぞ」

「つうわけで、また後でね」

手を振ってアリーナ様は城へと戻って行った。

「それじゃあ行くぞ」

「よろしくお願いします」

ふたりきりになってしばらく歩いていると、エルゼが突然俺の身体に密着してきた。

「な、なんですか？」

突然の行動に、どきりと心臓が高鳴った。

「うむ。アリーナが言っていたのだが、お前……チンポがでかいというのは本当か？」

「ぶっふぉ！」

いきなりとんでもない発言が飛んできて、思わず吹き出す。

「な、なにを……」

というか、いつの間にそんなことを聞いたんだ。あのやりとりの後から、ずっとふたりの様子を見てきたが、そんな話題は一切していなかったのに……。

「あ、アリーナ様から聞いたんですか？」

「うむ。天を貫くような巨根で、イボイボが丁度よく気持ちのいい場所を抉る凶悪チンポだそうだな。どれだけヤッても特濃精子が尽きることがないとか……。それはそれは得意気だった」

「そんな話、してなかったと思うんですけど？」

「ん？　あれだけ剣を交えたではないか。色々なことを聞けたぞ」

「どんなコミュニケーション能力してるんですか!?」

姫騎士同士のとんでもないコミュニケーションの仕方に、戦慄する。

エルゼがあっさり俺を認めたのってまさか……。

「そんなことよりも、お前のチンポだ」

言い終わらないうちに、エルゼは俺のペニスへ手を伸ばす。

「ちょ……ちょっと！」

その手を振りほどこうとエルゼの腕を取るが、まったくびくともしない。そのままエルゼは、なんの苦もなく俺の股間を覆う布をめくってしまう。

「お……おぉ……」

まだ元気のない俺のペニスを見て、エルゼは感嘆の声を漏らす。

「勃起もしていないのにこの大きさとは……ごくっ……」

繊細なエルフ姫の指が、俺の醜悪なペニスを掴む。

「……いいな。このチンポ、最高だ……あむっ」

「おふっ……」

ふにゃふにゃのペニスの先端が、生温かくヌメるエルゼの口の中に包まれた。

「んちゅ……んちゅぅ、ちゅうっ……」

口の中の空気がなくなることで、強めの刺激がペニスに与えられる。

「むあっ……くっ、流石に大きいな。顎が外れてしまいそうだ……」

俺の極太ペニスは、流石のエルゼでも捌（さば）くことは容易ではないようだ。ちょっと咥えただけなのに、彼女は顎を手でさすった。

「だが……ふふ、この程度で勃起してしまうなんて……」

エルゼは瞳を輝かせた。それは肉食獣のような、獲物を狙う目だった。

常日頃からアリーナ様に睨まれている俺でもたじろいでしまう程の眼力……。

「だらしない奴だ。……んれろっ」

硬くなりつつあるペニスから一度口を離し、今度は竿を責め始める。

「ぺろ、んむ、ぺちゃ……」

竿の根元からカリ首までを舌が這い回る。ときたま竿が咥えられ、唇でマッサージされる。艶めかしい舌技に、俺の息子はギンギンにそそり立つ。

「なっ……」

完全に勃起した竿を直視したエルゼは、その大きさに息を飲んだ。

「こ、これはさすがに……想像以上だな……。ふっ、相手にとって不足なしだ！」

気圧されたかと思いきや、エルゼは俺のペニスに立ち向う。

勢いよくペニスの先端を口に含み、舌がめちゃくちゃに動かされる。

「んちゅ！　ぺろっ、んぶっ!!　ろうらっ!?」

「ふぐぅっ!!」

フェラの最中に喋られたことで、音の細かい振動がペニス全体を振るわせる。これが何とも言えない甘い刺激となる。びくりとペニスが脈打った。

「そ、それ……！　やめてください！」

思わず制してしまうが、それがいけなかった。

「ふぉう……ほれがきくのは……」

俺の弱みを見つけたエルゼは、きらりと目を輝かせた。

「んヴォヴォヴォヴォ!! ンボ！ るろろろろろ!!」

頬を膨らませながら、エルゼは声帯をこれでもかと振るわせた。

「んぐぅううう!!」

まん丸に膨らんだ頬がブルブルと震え、声の振動とはまた別の大きな振動でペニスに快楽が叩きつけられた。別種類の刺激は、俺に確実な快楽を与えてくる。

勝手に突き出しそうになる腰を必死に押さえる。欲望に任せて俺が腰を突き出せば、エルゼに極太ペニスが突き刺さり、喉を傷つけてしまうだろう。

「うぐっ……ぅぅ……!!」

ガクガクと腰が揺れる。それでも何とか欲望を抑える。

「んちゅる、ウルルルッ!! ンベロッ!!」

だけどエルゼの責めは止まってくれない。追い打ちのように鈴口を舌でツツかれ、グンとペニスの硬度が増す。それだけでなく、舌先がグリグリとねじ込まれ、痛みを伴う快楽がほとばしる。

「いぎっ！ いぎぃいい!!」

普通は入らない太さの肉の塊が、排出口から体内に侵入してくる。

「はっ……！ ふっ……！ いぎぃ!!」

あまりの激痛に腰が跳ね上がり、極太のペニスがエルフの喉マンコに押し込まれた。

いきなり異物が押し込まれ、喉がキュッと締まった。不意の一撃に、エルゼはその美しい顔を歪ませ、白目を剥いた。鼻水が垂れ、口の間からは涎が垂れてしまっている。エルフのお姫様とは思えないその表情に、ペニスが膨張する。

「ぐっ……ふっあ……」

苦しげな声を漏らして、エルゼは意識を取り戻した。

「ふぃふぁま……！」

実力も身分も下の俺に一瞬でも気絶させられたことが、よほど頭にきたようだ。

「じゅぼぼぼぼっ!!」

押し込まれて密着していたペニスを、喉から引き抜いていく。

「うっ……ぐぅううう!!」

その吸引力は、今まで感じたことのないほどの締め付けをペニスに与えた。

生死のかかったバキュームに、エルゼの喉が何度も何度も収縮する。

「じゅぽっんッ!!　おえええええっ!!」

エルゼの口から俺のペニスがきゅぽんと引き抜かれた瞬間、開放感から俺も我慢出来ずに大量の精子を吐き出してしまった。

「あぶっ!?　ざ、ザーメン！　もったいない！」

ボタボタと垂れ流される俺の精子を、エルゼは必死に受け止める。エルゼの口内はすぐに一杯になり、彼女の顔や金色の髪を白く染め上げる。

「ごぽっ……んぐっ、んぐっ、ごぼっ！」

喉を鳴らして俺の精子を飲みきったエルゼは、顔にかかった精子を丁寧にすくい取り――。

「ふっ……」

挑発的に口の端をつり上げた。

第八話 エルフの姫との真剣勝負

「私を気絶させるとは、なかなかやるではないか」

「す、すみません……そんなつもりじゃなかったんですけど……」

「構わん。それくらいでなければ、面白くない。……ちゅぷ」

顔にかかった精液を丁寧に手で掬い、舐めとった。

「さて、ここからが本番だぞ。次は私とお前で、どっちが先にイくか、勝負しようじゃないか」

「え、そ、ちょっと待ってください！」

「問答無用！　お前が負けたら、私の言いなりになってもらうぞ！」

エルゼは体勢を立て直して俺に背中を晒し、お尻を突き出した。思わず視線がその中心に吸い寄せられる。

「見ろ、お前のチンポを舐めただけでこんなになってしまっている……」

エルゼの言うとおり、彼女のワレメはてらてらと濡れている。生唾を飲み込み、そっと手を伸ばす。

「んひゃあ!?」

くちゅりと音を鳴らしながら、俺の指が温かいエルゼのワレメにめり込んでいく。

「ば、馬鹿者！　急に触るやつがあるか！」

「ひっ……。す、すみません。あんまりにもエッチだったから、つい……」

（もうトロトロになってる……）

プニプニのまん肉は、十分に発情しているのが、それだけで分かるほどだ。ふと見ると、エルゼのうなじは熱を帯びているのか、ほんのり上気して赤く染まっている。

「まあいい、入れるぞ」

俺のペニスをがっしりと掴み、エルゼはピンクのワレメにあてがった。

「んっ……!!」

喘ぎ声と共に、丸見えになったお尻の穴がヒクついた。ペニスが沈むと、メリメリと、肉が引き裂かれる音がする。アリーナの穴と違って、だいぶ狭いのだろうか。

「ぐっ……くっ……」

エルゼは歯を食いしばり、苦しそうな声を漏らす。

それでも尻を左右に振って、どんどんペニスを咥え込んでいく。

「おぐっ……ふっ……み、見ろ……入ったぞ」

エルゼの言うとおり、目一杯広がったマンコにオークペニスが詰め込まれている。

少しでも苦しさから逃れようとしているのか、愛液がとくとくと隙間から染み出してくる。

「あ、あまり無理しないでください……」

「誰に、んはっ……言っているんだ……。はぐっ……私は、どんな勝負も逃げたりはしないっ！」

エルゼはぐっと腰をかがめ、がに股になった。

「ふっ……！」

腰に力が入り、ぎこちなくくねっていく。上下左右にお尻を振り、ペニスが柔肉にこすりつけられる。

「くっ……!!　エルゼのおまんこ、きっつ……」

国を守る騎士として日々鍛えているのだろう、エルゼの穴自体が狭いことを抜きにしても、かなりキツい。気を抜いていたら、これだけで出てしまっていただろう。俺はなんとかそれを耐えた。

「ふっ……ぐ……」

まだまだ。

「うぐっ……あ……ま、まんこ……めくれるっ……！」

ぎゅうぎゅうに締め付けられたペニスが、マン肉をめくりながら引き抜かれていく。

ピッタリと吸い付いて離れないのは、引き締まったマンコのなせる技だ。しかも……。

「だ、だが……慣れてきたぞ……」

流石の対応力、と言えばいいのか。一度膣でペニスを往復させただけで、彼女の声色は余裕そうなものになっている。

「うぐっ……やばっ、出そう……」

執拗に締め付けられた俺のペニスは、睾丸に精子を作るよう、これでもかと命令を送っている。

「ふぅ……どうした、腰をふらないのか？　ならば、私からいかせて貰うぞ」

エルゼはバチン！　と音が鳴るほど勢いよく、お尻を俺の腰へと叩きつけた。

「ふんっ！　ふんっ！　ふんっ！」

リズミカルにエルゼのお尻が叩きつけられ、我慢しがたい快楽が押し寄せる。

このままでは、勝負に負けてしまう。

「くそ……」

俺はエルゼのお尻をがっしりと両手で掴むと、全身全霊の一突きをかます。

「んぐぅううう!!」

子宮が押し上げられ、エルゼのお腹がぽっこりと俺のペニスの形に盛り上がった。

「あがっ……あっ……や、やるじゃないか……ふっ……あふっ……んっ……」

俺のペニスは彼女に確実なダメージを負わせたようだったが、それでもまだ責めたりないようだ。エルゼはさらに攻撃的に腰を振り、アドバンテージを取り戻そうとする。

「あん！　あふっ!!　責めがぬるいぞナオーク！　んはぁ！」

「ううぅ！　締め付けが……すごっ……！　あぁ！」

彼女は自分の子宮が押し潰されることも厭わず、バッチンバッチンと腰を叩きつけてくる。

「おぐっ、おふっう!!　オークのデコボコチンポ……、ぎもぢぃ、ぐぅ……ううん!!」

自分の身を削りながら責め立てた影響か、だんだんと彼女にも余裕がなくなってきていた。

（これなら……）

もしかしたら、まだ希望はあるかもしれない。最後の一踏ん張りと、俺は尻に力を込めた。

「耐える……ちゅもりだな……んふぅ！　あふぅ！　だが、しょうはしゃしぇん！」

エルゼは呂律がまわらなくなりながらもそう言って、ピストン運動から、腰を上下させる動きに移行した。不意の刺激に、ペニスが悲鳴を上げる。

「ナオーク……そろそろ我慢するのもきついだろ。私に構わず吐き出してしま……えひぃい!!」

「そんなこと……エルゼのほうこそ、俺のペニスに子宮潰されて、喜んでるんじゃないですか……ああああああァ!!」

「馬鹿が、これくらい……まだまだ余裕に決まっている」

「俺も……ですよ」

お互いに虚勢を張っているのがバレバレの言葉を交わす。喋れば、少しでも余裕が出るような気がしているからだろう。

「んぐおおおおお！」

「あぐうううううう！」

だが、エルゼの責めも、俺の責めも、お互いにとってそうではなかったようだ。

限界が近い。熊の咆哮のような野太い声が森に響き渡った。

ペニスは硬度を増していき、エルゼのマンコからは白濁した愛液が滲んでいる。お互いにお互いの隙を探り合いながら、腰と尻を叩きつけていく。数瞬の攻防を経て、突如エルゼが振り向いた。

「ふっ……ナオーク。お前は……あはっん!! ここまでよくやったにょおおおお！ エルフの姫でありゅ私のおまんこに、よくついてきたんほぉ!! だ、だが、どうやら……はっ、ここまでのようだな……んぐっ」

その顔は完全にとろけきり、今にも果ててしまいそうだ。なのに、彼女はどういうわけか、勝つ気でいるようだ。もう数突きで、完全に堕ちてしまいそうなのに、なぜ……。

「ほりゃ……わ、分からないか？ あああぁ!! お、お前のご主人様が、お前の痴態をおふぅ!! のぞき見しているのが……」

その言葉に、ぞわりと鳥肌がたった。顔を青くしながら俺は森へと視線を走らせる。

「ど、どこに……」

確かに、誰かに見られているような気配がする……だけど、これは……。

「……もらった!!」

俺に生まれた一瞬の隙を、エルゼは見逃さなかった。限界まで膣を縮小させ、ペニスに吸い付くと、素早く、滑らかに腰をくねらせた。

「ひっ……あ、アリーナ様の前で……い、イグぅぅぅぅぅ!!」

無様な悲鳴を上げて、俺はエルゼの膣内に、精液を吐き出してしまう。

我慢の限界を超えてせき止めていた精液は、何度脈打っても止まらず、泉のように湧き出してくる。

「見られながら、あああんっ！　果てるとは……お前もなかなか、ん。好きモノめ……。だけど残念だな。アリーナが見ているというのは嘘だ」

「へ……あ、そ、そんにゃ……、じゃ……この視線は……」

「さっきも話したろう。お前を見に来た里のエルフの視線だろう……。勘違いで射精するなんて、恥ずかしい奴だな、お前は」

「そんな……」

勘違いで……イッてしまうなんて……。その恥ずかしさで、俺はまた射精していた。

「ははは、んっ……んほおおおお！　また、子宮にザーメンが!!」

エルゼも、限界だったようだ。俺の精液が中で暴れ回ったことで、びくりびくりと身体を痙攣させた。

性器の結合部分から、精液が滴り落ちる。コンマの差だが、完全に俺の負けだった。

「んあっ……あふっ……これで……ナオーク。お前は私の物になった……というわけらな……」

第九話
ナオークの性癖

「この勝負、私の勝ちだな、ナオーク」

ペニスを抜かぬまま振り向いて、エルゼは不敵に笑う。

「そ、そうですね……」

俺はその敗北を噛みしめ、エルゼの中から、欲望を吐き出して柔らかくなりつつあるペニスを引き抜こうとした。

「おい待て、何を抜こうとしてるんだ」

「え……？」

エルゼは引き抜こうとする俺の動きに合わせて、腰を押しつけてくる。

「勝手に抜くなんて、誰も許していないだろうが」

「そ、そんな……でも、俺のペニスだってもう萎えちゃってますよ……」

「なんだと？　……む、たしかに膣内からの圧迫感が薄れてきてるな」

普通の性行為ならいざ知らず、フェラから始まった一連の行為は、アリーナ様とやったとき以上に濃厚なものだった。

正直、こんなに精液を出したのは初めてだ。金玉も今までに見たことがないくらい小さくなっている。こんなになってしまったら、今日はもう勃起するようには思えない……。

「うひゃお!?」

突然、股下から伸ばされた手が俺の金玉を掴む。

「うむ……うむ……」

もにゅもにゅと、萎(しな)びた玉袋を大胆に揉まれた。

「うっ……あっ、ちょっと……」

「……たしかに縮み上がっているな。では、これならどうだ？」

「あぐっ!!」

ただでさえ小さくなっていた俺の玉袋を、エルゼは力一杯握りしめてきた。

「うぎぎぎあがっ……」

目玉に集約された毛細血管がすべてぶち破れてしまうかと思うほど、歯を食いしばった。

「ははっ、やっぱりな。見ろナオーク」

「え……？　あ……あぁ、あ……」

エルゼに促されて視線を動かした先で見たのは——今まで見たこともないくらい大きくそそり勃った俺のペニス……。

「なんで……こ……いぎぃ！」

細い指がごりゅっと睾丸にめり込んでいく。

「なんでってお前、自分で気が付いていないのか？」

「はぇ……」

な、何に気が付いていないっていうんだ……。

「まったく気が付いていないみたいだな。ならば教えてやろう。ナオーク、お前はな……」

振り返った姿勢で俺を見るエルゼの目は、何故かとても冷酷なものだった。

「お、俺は……？」

「心の底から……マゾヒスト、なんだ」

「……」

う……嘘だ。信じたくない！　だけど……。

「どうやら、思い当たる節があるみたいだな」

アリーナ様に睨まれたときや、強く命令されたとき……。さっきも、エルゼにフェラされながらどう思っていたか……。極めつけは、今の玉潰し……。あれだけ萎びていた竿が、いまどうなっているか……。こんな状態では否定することなんて、できっこなかった。

「……さて、準備も出来たことだ、続きをしようか……」

「ぎぃ!!」

潰されるかと思うくらい強く睾丸を握られ、身の毛もよだつような痛みが下腹部を襲う。

「ふっ……！　おふっ！　どうした、腰を振れ、ナオーク」

「ぞ、ぞんばぁごどぉおおおぉ……」

金玉に受けたダメージが抜け切らず、どしても動くことが出来ない。

「自分がマゾだってことが、そんなにショックか？」

腰の動きを止めて、エルゼは聞いてくる。それに対して俺は、息を飲み、必死に首を振る。

「ナオーク……嫌がったところで事実は変わらん」

「いっ……そ……ひっ……」

ぽろりと、目から涙が零れた。そんな俺を見て、エルゼは呆れたようだ。振り返って俺をキツく睨み付けると、膨らみを取り戻しつつある玉袋へ、拳を全力で叩きつけてきた。

「いぎぇええ‼　あぐううぁああ‼」

その一撃で、俺のペニスは条件反射的に跳ね回る。尿道からごりゅごりゅと濃い精液が流れるのが感じられた。

「諦めろ……ナオーク。これが現実だ。お前は私の拳一発で精液を吐き出すマゾオークなんだ」

「……あひ、はへっ……」

「返事は！　どうした！」

もう一度、ごつりと拳が叩きつけられる。

「おぐぅういいい‼　は！　ふぁいいい！」

「分かればいいんだ。さて、やっと続きに集中できるな」

そう言うとエルゼは、ゆっさゆっさと尻を揺らし始めた。

「あぐうぅ！　ま、待ってぇ！　今動かれたら、玉が痛ぐでぇ！」

「そうだろうな。だが、お前のチンポはとても喜んでいるみたいだぞ。どんどん硬くなってきている……。ほれほれ」

エルゼはぐりゅぐりゅと尻を振り、さらに積極的に責めてくる。

「あ……あぎぃっ……」

腫れ上がった金玉がエルゼのお尻に当たり、ずぐんずぐんと痛みが走る。

だけど、マゾだと認めてしまった今は、そんな痛みもなんだか気持ち良く思えてしまう。

「ふふふっ」

痛みで悶える俺の顔をのぞき込み、エルゼは嗜虐的な笑みを浮かべる。

「どうだ、ナオーク。自覚して初めてのマゾセックスは」

「ぎもっ……ちいです……」

「そうだろう。さっきは勝負のことで頭が一杯だったろうからな。私のオマンコは気持ちいいだろう、なぁ！　本当ならオークであるお前が！　絶対に味わうことの出来ない！　極上の！　オマンコだ！　大きな声で感想を言ってみろ！」

その命令に、俺は声を張り上げる。

「あ……頭おかしくなりそうなくらいぃぃいい！　気持ちいいですううう!!」

俺の叫びに反応して、エルゼの姫マンコがぷるぷるると、俺のペニスを揉み込んでいく。

「そうだろう！　だがな、まだまだこんなものではないぞ！」

ぐっと膣に力を入れられて、俺のペニスにぴったりと張り付く。ペニスがちぎれそうなほど圧迫される。そんな状態で、俺のペニスの可動域などお構いなしなピストンが行われる。

「あぐううう！　折れ!!　折れぐぅぅうう！」

「安心しろ、折れたらエルフの妙薬で治してやる。マゾチンポの射精を許可してやろう。ほら……イけ」

「うづぁああ!!」

メキリと、ペニスから鳴ってはいけない音がした。それと同時に、また、射精してしまう。

「はっ、はっ、んあっ……凄い量のザーメンが、子宮に当たってるのが分かるぞ……。だらしないマゾチンポめ……そんなに私を妊娠させたいのか？」

「うぁ……いぃ……」

「はは、必死じゃないかナオーク。だがな、お前の貧弱なザーメンで孕むほど、私の卵子は弱くないぞ？」

「そんな……うぅっ」

エルゼは円を描くように尻を振る。ぷちゅりくちゅりと粘液がかき回される。さらに、膣圧を緩めてピストンすることで、あふれ出さずに残っていた精液が押し出された。

「見ろ。ちょっとかき回しただけで私の中から出てきてしまったぞ？　さっきの威勢はどうした。さっき私を気絶させたのは偶然か？　まったく、オークの性欲など聞いて呆れるな」

挑発するように、エルゼはペニスの先を子宮口へ押しつけてくる。

「ほら、今お前のチンポの先が私の子宮口に当たっているだろ？」

ぐりぐりと、エルゼはさらにペニスを押しつけてくる。コリッとした感触がおねだりをするように先っぽを責め立てる。

「反応もなしか……。仕方のない奴だな。ならば、私の好きなようにさせてもらうぞ。とはいえ、先ほどからずっと私のペースだがな」

エルゼの言うとおりだった。俺は、自分がどうしようもないマゾだと気付かされて心が疲弊(ひへい)しているとはいえ、腰を振ることも出来ていない。

そのくせだらしなく精液を吐き出すばかり。自分をこんなに情けなく思ったことはない……。

エルゼは宣言したとおり、ゆっくりとお尻をグライドさせていく。

「ふぅ……あうん……。くふっ……うぅん！」

いたぶるようにゆっくりだった腰の動きは、だんだんと速くなっていく。

「ほぉら、どんどん速くなっていくぞ？　だが私のキツマンだけじゃ、刺激が足りないだろ」

確かに、エルゼの言うとおりだった。エルゼのマンコはかなりのきつさで俺を責めたてるが、俺のペニスはもどかしいほど、悦楽を感じていない。

美人のエルフ姫におまんこされているというのに、イききれない。

「ああ……うっぅん!!　つら……つらひぃ……!!」

「イきたいか？　無様に懇願すれば、許可を与えてやるが？」

「あぁ……あああ!!　おねっ、お願いしますぅ!!」

極限まで我慢させられたこの状態でのその言葉に、俺は間髪入れずに返事をしていた。

それが、悪魔との契約だと分かっていながら。

「いいだろう……」

ぎちりと、エルゼは両手を組むようにして俺の玉を握り込む。腰のグラインドはそのままに、その組まれた手が固く、硬くなるように力がこめられていく。

（あぁ……俺は……）

完全に目覚めたのだと、自覚した。

「ふんっ!!」

ぶちゅり——と、睾丸が潰れる音を聞きながら、俺はエルゼの中に精液を吐き出した。

第十話　ふたりの姫騎士からの命令

「んっ……ひあっ!!　あぁああ!!」

エルゼは背中を丸めながら身体を震わせた。

「うぐぃいいい……!　奥から……く……ぐるぅ!!　おおおおおっ!!」

俺の金玉を潰した愉悦でだろう。獣のような雄叫びを上げながら何度も、何度も大きく身体を痙攣させる。その痙攣に合わせて、内壁がぎゅぎゅぎゅぎゅっと縮こまる。

びくびくと身体を跳ねさせながら、ずるりとペニスをワレメから引き抜いた。

身体の支えを失い、俺はどしりと尻を土に埋め込んで、そのまま倒れ込む。

「ふぅ……んっ……まあまあ……満足出来たよ。また、私の気分が乗ったらお前を使ってやろう。……答える気力もないようだがな」

エルゼはしゃがみ込んで、俺の顔へしなやかに手を添えた。そのままぐんぐんと顔が近付き、俺の口に、エルゼの唇が重ねられた。

「……ならば少し休め。起きたら城に戻るぞ」

※　※　※

「しっかり歩け。たかだか数十分の性行為で、そんなに疲弊していたら、いざという戦いのときに動くことなど出来ないぞ？」

「そ、そんなこと言われても……。そっちとは消耗の仕方が違うじゃないですか……」

へこへこと痛めた睾丸を庇いながら歩く姿は、傍から見てとんでもなく滑稽だろう。

「治癒魔法をかけてやっただろう」

「そりゃそうですけど……」

確かに、渾身の一撃によって与えられた睾丸の傷は綺麗に治っている。だけど、痛みの残滓は依然として俺を苦しめている。

「エルゼさんは女性だから、この痛みが分からないんですよ」

「……そんなに痛いのか？」

「俺の反応を見たら分かるでしょ……」

「ははははははは！」

がっくりと肩落とすと、エルゼはお腹を抱えて笑い出した。

「まったくお前は本当に面白いな！」

「痛い、痛いですって……」

ばしりばしりと肩を叩くエルゼ。俺はもう、諦めの境地だ。

「あぁっ、笑いすぎてお腹が痛いぞ……」

「意地が悪すぎますよ……」

「そう拗ねるな。……もうすぐ城だぞ」

エルゼが見据えたその先には、エルフの城が見えた。

「今帰った。風呂の準備をしてくれ」

「はい、畏まりましたエルゼ様。こちらへどうぞ」

「あぁ、あとこのナオークも風呂へ案内してやれ。ちょっと森で一仕事して身体を痛めたらしいから、滋養の湯にな」

広間へと戻ったエルゼは、メイドにそう告げて、早々に奥へと引っ込んでしまった。

「それではナオーク様。こちらへどうぞ」

エルゼが視界から消えるまで、しおらしく頭を下げていたメイドエルフは、俺を風呂へと案内してくれた。緑色に発光するその風呂に浸かると、残留していた金玉の痛みが、すーっと引いていく。それに、身体の芯からも疲れが抜けていくようだ。

「あぁ……このお風呂なら、一生入っていられる……」

それほどまでに極楽なお湯だったのだが――。

「ナオーク様、失礼致します。アリーナ様がお呼びです」というメイドエルフの呼びかけに、俺は慌てて風呂から上がった。

「アリーナ様、お待たせしました！」

広間に通されると、アリーナ様とエルゼは既に楽しそうに話をしていた。

「遅かったわね、どれだけゆっくりお風呂に入ってるのよ」

「い、いやぁ……ははは」

「まあまあ。慣れない森を歩いたうえ、私と激しくセックスまでしたんだ。風呂ぐらいゆっくりと入りたいだろうよ」

「うーん、ま……そうね、そういうことにしておきましょうか」

「ちょ、ちょっと待ってください！」

「え？　なに？」

「どうしたナオーク」

あまりにもさらっと流されたので聞き逃しそうになってしまったが、今エルゼがアリーナ様に、俺とセックスしたと言ったのか！

「おいエルゼ！　あのこと話したんですか!?」

「あぁ、話したぞ。なぁ？」

「うん？　そうね。聞いたわよ」

「な……」

なんてことだ……。あの行為がアリーナ様にバレている……。

「と、ということは……」

この呼び出しは、つまりそういうことだろうか……これからアリーナ様に……。

(ごくっ……)

俺は、自然と生唾を飲み込んでいた。

「だって、あたしがエルゼに勧めたんだから」

「へ……？」

「なんだ、ナオークに話してなかったのか？」

「ふふっ、そっちのほうが面白そうだと思ったのよ。結果、大成功だったでしょ？」

「ど……どういうことですか!?　ふたりは何の話を……」

「だから、エルゼにあんたを襲わせる話よ」

エルゼに俺を……襲わせる？

「な、なんでいきなりそんな話に……？」

アリーナ様は、にかっといたずらっぽい笑顔を浮かべた。それに嫌な予感を覚えながら、アリーナ様の言葉に耳を傾ける。

「あたしずっと思ってたのよね。あんたって、いじめられるの好きそうだなって」

腕を組んだアリーナ様は、うんうんと神妙な顔をして何度も頷いた。

「で、そろそろ確かめとかないとなってときに、都合良くエルゼがあんたと一発やりたそうにしてたから、んじゃあ貸してあげるわよってなわけ。その代わり、ナオークのこと、めったためたにして、性癖を目覚めさせてってお願いしたの」

開いた口が塞がらない……。

「全部聞いたわよ～ナオーク！　あんたはマゾだって言われてビンビンに感じて、しかも金玉潰されながら精液びゅるっびゅる漏らしたんですって？　私の見込んだとおりね！」

テンションの上がったアリーナ様は、うりうりと肘を俺の脇腹にめり込ませていく。

「顔が真っ赤だぞ、ナオーク」

そりゃ、顔も赤くなるってものだ。あの……あの恥ずかしいシーンが、全部アリーナ様にバレてしまっているんだから。

「恥ずかしがることはないぞ。考え方を変えれば、これから我慢することなく、お互いに気持ちのいいことができるんだ。これは本能に忠実なオークとしては、かなり美味しいメリットではないか？」

ただのオークならそうかもしれないが、俺はかなり特殊なオークだ。

快楽だけに集中できるなら、どれだけよかったか……。

「ふふっ、困ってるナオーク……可愛いわね」

「ああ、かなり……ソソるな」

ふたりの顔が、邪悪に染まる。その表情が意味することを、俺はすぐに察した。

「ねえエルゼ？　あたしの考えていること、分かる？」

「当たり前だ。すぐに分かったぞ」

ふたりに気が付かれないように後退り、こっそりと距離を取っていく。

「だが、流石にここでするのもなんだからな。私の部屋に案内しよう」

「いいわね。さて……それじゃあ逃げようとしているあのオークをとっ捕まえましょう」

「そうだな」

ふたりの視線が俺に突き刺さり、俺は叫び声を上げながら広間の外へ逃げようとした。

「どうしたナオーク、そんなに慌てて出て行こうとして」

「おしっこでもしたいの？」

「うっ……はや……」

ふたりの実力を考えれば当然だが、俺はすぐに取り押さえられてしまう。

「それなら私の部屋にもあるぞ」

「丁度いいわね。さ、早くエルゼの部屋に行きましょう」

両脇を美しい姫に固められ、俺はエルゼの部屋へ引きずられていく。廊下を歩く長い時間の間、アリーナ様とエルゼは女子トークで盛り上がり、俺は必死にもがいて脱出を試みる。だけどやっぱりふたりの力は強く、まったく抜け出せる気がしない。俺は仕方なく抵抗を止めた。

「ここが私の部屋だ」

さすが城というだけあり、結構な移動時間を費やしてようやく、俺たちはエルゼの部屋へと辿りついた。

「遠慮なく入ってくれ」

開け放たれた扉の向こうに広がる部屋には、天蓋付きのベッドや宝石が散りばめられたドレッサー。執務に使うのだろうか、真っ白い質素な机が置かれている。部屋にはさらにいくつかの扉があった。さっきもエルゼが言っていたように、自分用のトイレやお風呂なんかに繋がっているんだろう。

「アリーナ、ナオークをそこのベッドに」

その言葉に、俺は自分が置かれた状況を思い出した。

「あ、あの……本当に……する……んですか？」

弱々しい俺の言葉に――。

「もちろんよ」

「当然だ」

ふたりは間髪入れずに返事をするのだった。

第十一話　壮絶な三人プレイ

ふたりの姫によってベッドに押し倒される俺は、手を前に突き出して待ったをかけた。

訝しげに顔を見合わせるふたりに、俺は一つだけ提案……いや、懇願をした。

「痛いのだけは止めてください！」

「何故だ？　さっきは痛みであれほど気持ち良さそうにしていたというのに」

「た、確かに凄く気持ち良かったですけど……。あれでイったら、冷静になったとき、すっごく恥ずかしいんですよ」

快楽に我を忘れた状態とはいえ、痛みでペニスを硬くして、あまつさえ射精してしまうなんて……。想像しただけでも穴を掘って隠れてしまいたくなる。

「……ふぅん、あたしは別にそれでもいいわ」

「んっ……提案者のアリーナが構わないのであればそれで良い」

「ほっ……良かった」

どうやら僕の願いは聞き入れられたようだ。これで安心してプレイに集中できる……。やること前提で話が進んでいるのはどうなんだと思うが、そこはもう諦める。

「とか言って、おちんちんパンパンにさせて……。痛いの、期待していたんじゃない？」

アリーナ様は、片手でペニスに手を添えながら、俺の耳元で囁いた。吹きかかる息がこそばゆい。

「そ……それは」

俺自身、それがいつの間に勃ったのか……まったく気付かなかった。

「あたしの許可なくおちんちん勃起させるなんて、いけない子ね……」

「いったいどんな卑猥な想像をしていたんだ？　私たちに報告してみろ」

「は……はぃ！　……あっ」

その命令に、俺は反射的に返事を返していた。しまった、と渋面を作ったが時既に遅し。ふたりはとても楽しそうな笑顔を浮かべて、距離を詰める。

「それで!?　どんなプレイを想像したのよ！」

瞳をきらきら輝かせるアリーナ様。

「う……た、例えば……」

「例えば？」

「うぅ……お、俺の、ペニスをふたりがつねったり……。俺のち、乳首を……噛ん、だり……」

「ふふ、そんな妄想しながらおちんちん硬くしてたのね……。やっぱり、生粋のマゾヒストね」

「これじゃあ、どんなにお仕置きをしても、ナオークにとってはご褒美になってしまうな」

「確かにそうね……それじゃ、こういうのはどうかしら」

アリーナ様は着ている服の、胸の部分をはだけさせ、巨乳おっぱいをどんどんとさらけ出した。

「なるほどな」

それに同調したエルゼも、アリーナ様と同じくらいあるおっぱいを露わにさせる。

「お、おぉおおお……」

俺の目の前に、たわわに実った二組のメロンがあった。

ふたりはそのメロンで、俺のペニスをぐにゅりと包み込む。

「う……すごっ」

アリーナ様のおっぱいは柔らかく、俺のペニスの型を取るように変形し、エルゼのおっぱいはペニスを押し返すように張りがある。

趣の違うおっぱいが俺のペニスに押しあてられていく。

「どう……あたしたちのおっぱいの感触は？」

「や、柔らかいのと、張りのあるのが交互に責めてきて……」

「だが、刺激が足りないんじゃないか？」

エルゼの言うとおり、ぐにゅぐにゅと押し当てられ、圧迫感を感じてはいる。だけど、性的な快楽というよりは、リラックスしているときに感じるような気持ち良さだ……。

「痛くしないと、気持ち良くなれない身体になっちゃったんだ……？」

「そんなこと……！」

「ないというのか？　だが、お前の勃起チンポは正直なようだ。勃っていても、まったく硬さがないじゃないか」

エルゼがぽよんとおっぱいを押し上げるように揺らした。そう言われて股間に意識を集中させてみれば、確かにペニスに血液が行き届いていないように思えた。

「ほらほらほら、こうやっておっぱい揺らしてるだけで、おちんちんぷるぷる揺れてるわよ？」

「あああ……お、おれのペニス、揺れてる……」

おっぱいに挟まれたまま、俺のペニスは上下左右にシェイクされる。

「こうやって見てはどうだ？　れろっ」

「おひっ！　エルゼの舌、生暖かくて……」

「あ、おちんちん細かく震えてる……。だけど、まだ全然硬くならないわね」

「やはり刺激が足りないんだろう。どうだアリーナ、このまま焦らしてみるのは」

「そうね。そのほうが……」

アリーナは意地悪な目で俺を見上げてくる。

「あんた、興奮するでしょ……？」

「うっ」

嗜虐的な顔で見つめられ、どくんと心臓が脈打った。

「あっ……ちょっと硬くなった。ナオーク、あんた私に睨まれて興奮したの？　ホント、ダメちんちんしてるわね」

「だ、だって……！　そんな風に言われたら……誰だって興奮しちゃいますよ……」

「そんなわけないでしょ？　あんたがマゾじゃなかったら、こんなことになってないわよ？」

「ううう……」

「ほら、エルゼ。もっとおっぱいぽよぽよさせて、ナオークのおちんちんリラックスさせてあげましょう？」

「ああ、そうしようか」

くにゅりぐにゅりと、二種類のおっぱいが俺のペニスを柔らかく愛撫する。

「はわっ……あふっ……あああぁ……」

だけどそれは、俺にとって地獄のような愛撫だった。湯船に浸かるような……癒されるような
気持ちにはさせられるが、それだけだ。悦楽にはほど遠い。

「ふむ、どうだ私たちのおっぱいマッサージは？　気持ちいいだろ……？　ああいや、マゾヒスト
には地獄か？　どっちなんだナオーク」

「ひっ……気持ちいい……です……けどぉ!!　も、もっとペニスに……刺激ください！　じゃ
……じゃないと！」

「じゃないと？」

「……ペニスぅ、爆発出来ないです……!!」

「ふぅん……そうなんだ。でもさっき、あたしたち約束したでしょ？」

「や……やく、そくぅ……？」

「そうだな。自分で言ったことだろう」

「あぁ……」

そうだ。直前のことなのに忘れていた。俺は、彼女たちに言っていたじゃないか……。

痛くしないでくれ……って。

「だからこうして優しくおっぱいスポンジでマッサージしてあげているんでしょ？　感謝しなさい
よね」

「あぁっ！」

しっとりと汗ばみ始めたアリーナ様のおっぱいが、まるでお餅のようにペニスへ吸い付いてくる。

「ふむ、アリーナの胸で気持ち良くなるのもいいが、私を忘れてもらっては困るぞ？」

「おっ……あぁ！」

エルゼはエルゼで、おっぱいをペニスから一度離して、コリコリになった乳首を当ててくる。ふわふわとしたアリーナ様おっぱいとの感触のギャップがマッサージ効果を高めてきた。

「どうだ、勃起乳首だぞ。これでもチンポバキバキに出来ないなんて、可哀想な奴だ」

「ほんとね。あ～あ、がまん汁だけは涎みたいに垂らして、あたしたちのおっぱい汚してるのにねぇ」

「そ……そんなこと言うならあふっ……！　ペニスい、いじめてください、よぉ……」

「うーん、ナオークはこう言ってるけど、どうする？」

「いや、約束を反故にするのは私の信条に反する」

「だってさナオーク。仕方ないから、おちんちんぺろぺろしてあげるわ。んれれっ」

「ああっ！」

舌先が鈴口に当たるか当たらないかの距離で、高速に動かされる。だけど、溢れ出るカウパーが舐め取られるだけで、直接的な刺激にはならない。

「あっ……あっ、ひ、ひど……わざ、と……そんなことして……」

「んれんれろ……あはっバレた？」

その言葉に、俺のペニスが徐々に硬くなることを止められない。

いじめられているということを認識してしまうと、余計に硬くなってしまう。

「ようやくふにゃふにゃから卒業したか」

「おっぱいでシてあげても硬くならなかったのに、言葉だけでギンギンになるって、本当に変態ね」

責められるようなそのきつい言葉を聞くだけで、俺のペニスはどんどん幸せになっていく。

「ナオークのチンポも立派な大人になったのだ。何かお祝いをしてやらないか？」

「ん～……ふふっ、確かにそのとおりね。何がいい、ナオーク。特別に、あんたのお願い聞いてあげる」

「うぅ……うぅうう!!」

その言葉を聞いて、俺は嬉しさのあまり嗚咽をもらした。

「ぺ、ペニスを……いじめて……くださいぃ……」

「ペニス？　ペニスってなぁに？　もっとエッチな言葉じゃないと、分からないわ。ほら、俺の粗末でマゾなおちんぽ、お仕置きしてくださいって言いなさい」

「あぐっ……お、俺の……粗末で、マゾな……おちんぽ……お、お仕置きして……ください」

自分で言葉にすることで、さらに俺のペニスの硬度が上がる。まるでタケノコが成長するように、ふたりのおっぱいの隙間から直立する。

「良く出来たわね。……エルゼ？　あむっ」

「あぁ、分かっている、はむ」

ふたりは、おっぱいからはみ出た俺の竿とカリを、それぞれ口に当てる。

ペニスに当たるその感触に、俺は顔を青ざめさせた。

「え……あ……な、何を……ちょ、まっ」

静止の声も届かずに、ふたりによって、俺のペニスは思いっきり噛みつかれた。

「おごおおおおお!!」

その衝撃に、今まで焦らされていたことも相まって、俺は一瞬で絶頂に達してしまった。

第十二話 深い交わりの成果

「うっ……ふふ、このザーメンシャワー……もったいない」

「んぶっ！　んぐっ……ぷあっ……。口の中に入りきらないわ……」

激痛が下腹部を襲う。その痛みは快楽となって突き抜ける。

「あがっ……おっ……づぅ……あ」

「ナオーク、気持ちよさそうなアヘ顔晒して、恥ずかしくないのか？」

あまりの気持ちよさに、自分がどんな顔をしているのか、考える余裕もない。俺は今、いったいどんな顔をしているんだ……？　少し想像してみるが、あまりにも恥ずかしい姿が容易に想像できた。

「は……ずかしぃでしゅけどぉお……ぎもぢよすぎて……」

人に見せられないような表情をしているのは、確かだろう。なんとか表情を元に戻そうと頑張ってみるが、どうにも緩んだ顔は戻ってくれない。

「アへってるのも可愛いぞ、ナオーク……ちゅっ」

精液で汚れたエルゼの唇が、俺の口に重なる。

「おぐっ……ぐちゅ、んぶぁ……俺の……精液が……」

「どうだ？　お前が気持ち良くなって吐き出した体液の味は。よぉく噛んで味わってみろ」

「……んぐちゅ、むぐ、むぐ」

エルゼの唾液が混ざった精液は、苦みの中にも微かな甘みを感じる。

「ああ……いい、いいぞ。アリーナ、ちんぽはお前に任せるぞ」

「んちゅんちゅ……どうするの？」

「見てろ」

そう言ってエルゼは股間から離れると、俺の顔の上に跨がった。真下からの無毛マンコの迫力に、目が釘付けになる。エルゼのワレメは微かに濡れていて、ぽたりと愛液が頬に垂れた。

「私のじゅくじゅくになったマンコに……しゃぶりつきたいか？」

「はっ……はっ、あ……はっ……！」

「そうだろうな。今回は特別に舐めさせてやる」

「うぶっ!?」

どすんと音がするほど急に腰を下ろし、俺の顔にワレメを押しつけてきた。

さらに、位置がズレないようにするためか、太股で頭をがっちりと固定されてしまった。

濡れたワレメがちょうど鼻に当たり、蒸れた雌の匂いが身体の奥底に染み込んでいく。

「あっ……ごつごつした鼻が、ちょうどお豆に当たる……んあっ！」

口を動かすとクリトリスがうまく刺激されるのか、エルゼは喘ぎ声を上げた。

「まったく……勝手に口を動かすとはな。そんな悪い子には、お仕置きをしなくてはな」

腰をくいっと動かして、俺の口を完全に塞ぐ。

「んぐぅ!!　むぶぅ！」

目の前にはどどんと、汚れのないお尻の穴が迫っている。

そこは恥ずかしげもなく、くぱっ、ぴくっとエッチに動いていた。

「はぁ……良く暴れるな。おかげで膣内から汁が溢れてきてしまう」

息を吸おうとするたびに愛液が口の中へ侵入してくることからも、それはうかがい知れた。だからこそ、問題がある。

(息が……！)

鼻をふさがれ、口を開けようとしてもとろりとした愛液が入ってくる状況は、大変まずい。

「あぶっ！　んじゅるっぷじゅっ！」

俺は少ししょっぱさを感じる愛液を啜る。

「んんっ！　いいぞ……んあ……！　あんっ、くふっ！」

「あんたたちだけ楽しんで……ずるいじゃない！　あたしもまぜなさいよ！」

目の前のことに手一杯になっていると、ものすごい握力でペニスが握られた。

それはもう、先端が破裂してしまいそうな程の締め付けだった。

「おいアリーナ。だからチンポはお前にやると言っただろ。お前はそっちで楽しんでくれ」

「……もう！　次やるときは、あたしの好きにさせてもらうからね！」

「分かってんんっ！　いる、あぁ、いい舌使いだ」

「まったく……。ほらナオーク、あたしを楽しませるために、もっとチンポ硬くしなさい！」

「ぼぶぅ！」

バチンッといい音がして、俺のペニスに衝撃が走った。

思わず声が出てしまい、その口の動きでエルゼの秘裂を振るわせた。叩かれたと気が付いたのは、そのすぐ後だ。びくびくとペニスが跳ねて、じんじんとした快感が伝わってくる。

「さぁて、それじゃあいただくわよ」

くちゅりと、ペニスに温かいアリーナの感触が伝わり、肉壺に埋まっていくのが分かる。

「ん～……んあっ！」

最奥まで入りきったようで、コツリとペニスの先端が子宮口をとらえた。

「なにぼさっとしてるのよ、とっとと腰を振りなさいよ」

催促するように腰をグラインドさせられる。俺は息苦しさに耐えながら、アリーナ様の要求に応え、腰を突き上げた。

「んぐっ！　そうね、良い感じよ。ちゃんと腰を振りなさい！　あたしに動かさせるつもり!?」

「ふぁぶっ！」

ちょっと怒り気味のアリーナ様をなだめるように、俺は必死に腰を振っていく。

乱暴に突き上げるだけだと、なっていないと怒られてしまうから、アリーナ様が気持ち良くなれるだろう場所をこするようにしながら、だ。

「あんっあっ！　あっんんっ！　ちょっとは、上達してるみたいね。ま、そんんっ!!　……じゃなきゃ、あんたを仲間にした意味、ないんだから！」

セックスの技術が上がっていることを褒められて、なんだか嬉しくなってしまう。

「おっとナオーク。酸欠で大変だろうが、こっちのほうもおろそかにしないでくれよ。それなりに気持ち良くなれたら、少しくらい空気を吸わせてやってもいいぞ。それとも、お前はマンコで窒息死したいのか？」

「うぶぅうう！　うぶぶあぁ!!」

「ふふ、いいぞ……。そうだ、お前の精液が染み込んだ舌を私の中にいれるんだ。ねっとりと、内壁を舐るんだ……」

「んろぉ！　ぶちゅる……」

注文どおり、ぞろりと膣を舐める。熱を帯びた肉の壁。そこから溢れる愛液が舌に絡んだ精液と混じり合う。

「おおっ……！　んっ……精液が絡みついた舌チンポぉおお……」

必死になって舐めるが、いつまでたっても口と鼻がふさがれたまま……。腰を上げてくれるどころか、ぐいぐいと押しつけられる。次第に意識が朧気（おぼろげ）になっていく。このままじゃ……死ぬとまではいかないが、気絶くらいはしてしまいそうだ……。

「んれっ……んちゅろっ」

アリーナ様を喜ばせるために必死で腰を振り、性器で口を塞がれながら、エルゼを喜ばせるために膣を舐める。もう、何がなんだか分からなくなってきた。

「んぐっ……!!　ずじゅるっ！」

あまりの息苦しさに、ワレメに口を当てたまま、強くマンコを啜ってしまった。

「おひっ！　そ、いきなりそれは……!!　おおっ……あっあっ！　おおおおお!!」

「ずばっ！　ごびゅっ、える……ごぶぁ！」

「だだ、だめだそれは、イク！　不意打ちマンコ啜りでイ……おぉぐぅ!!」

エルゼは俺がマンコに吸い付いたことで、腰を思いっきりびくつかせた。

俺の頭を固定していた足の力が緩み、隙間が出来る。

「ぶはぁ!! はぁっ! はっ、はぁ!」

あ……危ないところだった。あと少し空気を吸うのが遅かったら、気絶していただろう。

「ナオークんおっ! おおおぉお……お豆をぉおお……なめ、舐めてくれぇええおお……」

「ふぁ……い!」

アクメビブラートを効かせながらの命令に、俺は喜んで応える。

小さいながらも立派に勃起したクリトリスへ舌を伸ばす。

「んあああっ!」

ちょんと、舌先が触れただけで、エルゼは小さく潮を吹いた。まだだ、エルゼはまだ満足していない。俺はさらに、舌の腹がクリトリスによく当たるよう舐め上げた。

「おほっ……う! オークのぉ、ざらついた舌がお豆にこしゅれ……! また……またイク!」

緩められていた足が、再び俺の頭をがっちりと捕らえた。エルゼが必死になっている。俺の舌チンポが、彼女を喜ばすことが出来ている!

「ざりゅじゅるじゅらっ!」

その事実が、なによりも嬉しくて、俺も必死に彼女のクリトリスを舐め続けた。

「んひっ! そうだもっともっと強く舐めろ……! んんっ! んんんんんんっ!!」

「んれんれんれんれんれ!!」

高速で舌を出し入れすると、首の骨を折る気ではないかという程、エルゼの太股に力が入り——

彼女は絶頂したのだった。

第十三話 結束する同盟軍

「おぉ……おっ」

エルゼのマンコはブルブルと振動している。

絶頂したことで力が抜け、エルゼの尻がさらにどっしりと俺の顔へ押しつけられた。

「いびゅが……！」

「盛大にイっちゃって。……ナオークも、呼吸制限されて、気持ち良くなってるわね」

俺の助けの声は、当たり前のように無視される。

「んぐっぶちゅっぶちゅ！」

「ほら、そっちが一段落したんなら、本腰入れてあたしを気持ち良くさせなさい。エルゼが不満そうにするのも何だから、おまんこちゅうちゅう吸うくらいはしてなさい」

「おぶぉんじゅんじゅっ」

「ああっ！」

吸い付かれたエルゼはまた身体を震わせる。

命令どおりにというよりは、生存本能の反射として吸い付いているだけだ。

「エルゼも気持ちよさそうな顔してる……ほら、もっと舐めてあげなさい。そうすれば、ちょっとは空気が入ってくるかもよ？」

一度大きく息を吸えたとはいえ、少量の空気だ。激しい動きの連続に、すぐに酸素を使い切ってしまうだろう。

意識が朦朧とするなかで、おれはなんとか腰を動かす。

どうにかエルゼの腰を浮かせることは出来ないだろうか……と考えながら、俺は腰をグラインドさせる。

「んっ……ちょっと雑に動きすぎよ？　いつからあたしをそんなに乱暴に扱えるようになったのかしら、ねぇ……ナオーク？」

「んぶじゅびば！」

「あふっ……またおちんちん硬くなったわね。本当にあんたって、叱られるのが好きね」

そのとおりだった。俺はどこまでも叱られることが大好きなマゾオークだった。ほんの少し前までは自覚すらしていなかったのに、もうその事実をすんなりと受け入れることが出来ていた。

「はぁ……マゾなオークのおちんちんなんて、どれだけ責められても気持ち良くなれそうにないわ。もしかして、お仕置きが必要なのかしら？」

「んぶぅ！」

お仕置きという言葉に反応して、俺のペニスがびくびく脈打った。

「んんっ……あはっ！　本当に素直なおちんちんね！　私のお仕置きを想像して、私の中で跳ねちゃって！　今ので私もおまんこ気持ちよくなっちゃったわ。ご褒美にお仕置きはなしにしてあげる！」

「ブフォオ!?」

そ、そんな！　アリーナ様の膣に包まれて、こんなにペニスが切なくなってるっていうのに、気持ちよくなれないなんて……！

(あ、頭が……おかしくなりそうだ)

「ほら、動いてあげるわ。いちに、いちにっ！　どうしたの？　おちんちんに力が入ってないわよ？」

俺のペニスはもうこれ以上ないってくらいにガチガチになっている。アリーナ様はそれでも俺のペニスを責め立てる。

そうすることで、更に俺のペニスが硬くなることを望んでいるんだ。だけど、

「で、でもぉ！　これ以上、硬くなんてぇ……！」

「やるのよ。想像してみないよ。私の命令でおちんちんかたぁくしている自分の姿」

「うあ」

言われたとおりに想像してみる。

無様な自分の姿が思い浮かんでくる。あぁ……なんて、なんて魅力的な提案だろう
「さっさと、やりなさい！」

ぞくぞくする言葉を投げかけられて、興奮しないわけがなかった。そこに、さっき想像した自分自身の無様な姿……。

たちまち限界を超えて、俺のペニスは硬くなった。

「あふっ！　やれば……できるじゃない！　鋼みたいに硬くなってるわ！　あたしの膣でおちんちんよしよししてあげるわ」

ゆっくりと、アリーナ様は上下運動を繰り返し、俺のペニスを撫でてくれた。

「おぶっ！　んぶううっ！」

「なに言ってるか分からないわ。おちんちんも良い具合に硬くなったし、あんたもう腰だけ振ってなさい」

「んぶぁ……」

ふさがれた口で、返事になっていない音を返して、アリーナ様が気持ち良くなれるように、腰を回し続けた。

「はっ！　おぉ……あふ……」

と、ここで顔にめり込んでいたエルゼの尻の重みが多少和らいだ。

「ぶはっ!!　ひゅー！　ひゅー！　はーっ！」

ここぞとばかりに息を吸い込む。それでもまだまだ溢れているエルゼの愛液が、口の中へと入ってくるのは止められない。

「あらエルゼ、やっと正気に戻ったの？」

どうやらエルゼが絶頂の余韻から返ってきたらしい。悔しそうな声が、耳に届く。

「はぅ、あ、ああ……不覚だった……。まさかナオークの舌があんなにエロい動きをするとは……思っていなくてな。んんっ……ん」

仕返しとばかりに、また腰が落とされる。ぐいぐいと丁度良い位置を探るようにお尻の位置を動かしていく。

「あぶぁ！　んじゅるぢゅうぢゅう」

「んっ……どんな技を使われたのか、ちょっとだけ興味あるけどねああんっ！」

「どうっん！　……だろうな。ただ必死だっただけかもあぅ、しれないからな」

良い位置が定まったのか一度、二度と顔に股を押し込むと、エルゼは腰を円形に回し始めた。

「それもそうね」

その動きに感化されたのか、アリーナ様の腰も妖艶に動き出し始めた。

お互いに、時計回りと反時計回りにそれぞれ回されている。

「どうだナオーク。顔面にマンコをこすりつけられる気持ちは。屈辱的か？　答えてみろ！」

「あびゅ！　ぶあじゅる！」

「エルゼ、それじゃあ何も言えないわよ」

「ん？　あぁ、そうだな」

エルゼの尻が持ち上げられる。口とワレメの間に、きらきらと光る糸が伸びていた。

「はぁ……はぁ……」

「それで、どうなんだ？」

「は……はい……凄く屈辱的で……こ、興奮します。うぶっ!!」

すぐに尻が押し戻され、口が塞がれた。ぶちゅるぶちゅるとワレメの縁がこすりつけられる。

「なら、このままでいいな」

「ふぁい……んぐあぶあ」

「ナオーク……良かったわね、エルゼに責められて。さぞ気持ちいいでしょうね」

「……!?」

エルゼの股間に視界が塞がっていてまったく見えないけど、この冷え切った声は、絶対に怒っている声だ。

そうじゃなくても、何か悪巧みをしているに違いない。

「ねぇ、ナオーク？　あんたの乳首、すっごく硬くなってるわよ？」

「んほぉ！」

まったく予想していなかった片方の乳首に、強烈な痛みが走った。

「おお、本当だな」

「んぶうう!!」

もう片方の乳首もエルゼに摘まみ上げられる。

「こんなに伸びるのに、コリコリってするくらい硬く勃起しちゃってるわ」

「んぎいい！」

みぢぃ……！　と音がした。どれだけ俺の乳首がひっぱり上げられているのか分からないが、かなり強めに捻り上げられている。

「あはは！　見てよエルゼ！　やっぱりマゾの乳首って凄いわね！　あたしこんな乳首見たことないわ！」

「まったくだな。ふふ、開発しがいがありそうだ……。乳首、気持ちいいかナオーク？」

もう片方の乳首は、エルゼによってぎちぎちとねちっこく潰されていた。

エルゼが乳首を摘まむために少し前のめりになったおかげで、自由になった口が悲鳴を漏らす。

「は……はぎぃ！　乳首潰されでぇ……！　ぎぼぢぃですうぅ!!」

「あっ……おちんちんお腹の中ですごく大きくなってきてる」

「もう少しでイキそうなのか？」

「は……はぎぃぃぃぃぃ!!」

乳首を潰されながらの質問に、俺は必死に返事をした。

「それじゃあ一気にイっちゃいましょうか」

「そうだな」

何度目かになる尻の抑えつけが、俺の口を塞ぐ。それだけではなく、何度も何度も、押しつけるように尻を顔に叩きつけられる。

「おぐっ！　おぐぅ！　おぶっ!!」

その衝撃を受けるたびに、下半身が突き上がってしまう。

「おふっ！　んぐっ！　あんっ！　子宮が！　おぐっ、潰れそ……！」

「はは、お前の顔もとろけてきてるぞ、アリーナ」

「しか……仕方ないでしょ。こんなにナオークの可愛い姿を見てるのに、興奮しないわけないじゃない！　エルゼもそうでしょ！」

「おふ、はぁ！　否定は……出来ないな。なら」

「そうね。皆で一緒に……！」

エルゼの尻の動きが、更に速くなっていく。下がふわふわのベッドでなければ、何度も後頭部を打って死んでたと思う。それくらい頭がシェイクされた。

アリーナ様も咥え込んだ俺のペニスを責めるため、ピストンを始める。

「んふっううんああ！」

「あふっ……！　に、二度目の画面騎乗位アクメ……くる!!」

「んぶあ!!　んむああ!!　うぶぁあ!!　イッ……ぐぅ!!」

顔面を潰され、酸欠になりながら……。

「あた、あたしも！　イッちゃう！　んんっ！」

「おおふううう!!　あふううう！」

俺たち三人は絶頂した。

※　※　※

行為を終えた俺たちは、三者三様にベッドに横になっていた。

アリーナ様は俺の胸に抱きつくように。

エルゼは俺の顔を撫でながら。

ふたりとも、俺を愛でてくれている。

そんななかで俺は、ぐったりと倒れ込んでいた。

眠ってはいないが、声も出せないぐらいに疲弊していた。

「良い……同盟になりそうだな」

ぽつりとエルゼが零し、

「そうね。……倒すわよ、魔王軍！」

アリーナ様がそれに応えた。

第二章　勝利の宴

第一話　勝利の一撃

前に俺が、魔王軍のひとりとして襲った村。あれと同様に、今この世界では多くの町や村が魔王軍によって侵略の憂き目にあっている。

そんななか、アリーナ様とエルゼは、侵略された村を一つ一つ奪い返して回っていた。

「全軍、あたしに続きなさい！」

〝うおおおおおおおおおお!!〟

今回の作戦も、それと同様のものだ。

湖が望める高台にある荒廃した村の入り口に、大軍を引き連れたアリーナ様が突撃する。

地鳴りを伴った進軍が廃村を揺らす。

一見、誰もいないのではないかと思うほど静かな廃村だが、事実は違う。

その村は数ヶ月も前に魔王軍に侵略されていた。そのため、村のあちこちに魔物が潜んでいる。

特にこの村は、魔王軍にとって重要な拠点のようで、かなり強い魔物を配置している。

例えばゴースト。この世への未練から生まれたこいつらは、生きている者すべてに牙を剥く。深夜道や沼地、暗い洞窟などでこいつらと遭遇したら、まず助からないと思ったほうがいい。

それほど、実体を持たないこいつらを倒すのは難しいのだ。

やっかいな魔物はこれだけじゃない。

ゾンビやスライム、人食いワームなどなど……多くの危険な魔物が息を潜めている。

そんな危険な魔物の巣窟となった村へ、同盟軍は雪崩れ込んでいく。

太陽が一番高い時間に、だ。

空気を切り裂くように、気合いの一声が響く。

「せぇえええい!!」

今日もエルゼは好調なようだ。しかし。

「は〜あ、今回はちょっとはマシな戦いになるかと思ったんだけど……」

襲い来る人食いワームを一刀両断にしながら、アリーナ様はため息をついていた。

「アリーナ！　流石にここで油断してはいられないぞ！　お前も私も、常に周りに気を配って指示を出さねばやられるぞ！」

やる気を失いそうになっているアリーナ様に、エルゼが活をいれる。

「ん……ごめん。確かにそうだわ。気合い入れ直し！　……皆！　前方から大量のゾンビが来てる！　長物を持ってる人たちは前へ！　弓兵は少し下がって、安全を確保しながら戦いなさい！」

飛びかかってきたスライムを、アリーナは剣の風圧ではじき飛ばしながら、周りへ的確な指示を飛ばす。

(液体のスライムをあんなに簡単に処理していくなんて……。流石アリーナ様ってところかな。それに、エルゼも……)

押し寄せてきた大量のゾンビたちは、先頭に立っていたエルゼを取り囲んだ。エルゼはかなりの数に囲まれているにも関わらず、余裕そうに切り捨てている。

（少しでも噛まれたら終わりなのに……ふたりとも凄いな……）

毎晩のように、お楽しみという名の折檻を受けながら、魔物の特徴や対処法の情報をふたりに教えた甲斐があったというものか……。

（でもふたりとも、基本的には楽しみたいだけなんだよな……。そんなことしなくても、魔物の情報なんて教えるのに……それはそうとして、俺は敵の動きの誘導をしないと……）

かなり重要な役目であり、俺にしかできない仕事ではあるが、如何せん地味すぎる。

しかも、この村に配置されている魔物の種類からも、オークはかなり浮いていた。

ふたりが指揮する軍列は村の中央にある広場へと徐々に進んで行く。俺だけはその群れから離れるように移動する。

ゾンビやスライム、ワームは知能指数が低いから疑われずにすんでいるが、一部のゴーストは訝しげな表情で俺にチラチラと視線を送っている。

（まずいな……）

もたもたしていたら、大物がやって来てしまうかもしれない。

俺は、村に攻め込む前にアリーナ様、エルゼと打ち合わせたとおり、この村に集められた魔王軍の戦力を扇動し、中央広場へと誘導していく。

今頃アリーナ様たちは二手に分かれているはずだ。

エルゼが率いる隊は中央広場を囲むように、アリーナ様が率いる隊は中央広場へと突入だ。

そうして俺が誘い出した魔物たちを、内と外で取り囲み一網打尽にする作戦だ。

（よし、もうこの辺に魔物はいないな）

遠くから、雄叫びが聞こえてくる。どうやら、お互いの戦力がぶつかり合ったようだ。

これで俺の役目もほぼ終了だ。

「よし、それじゃあ俺はここら辺で撤退――」

「そうはいかんな……」

「……!?」

辺りが急に暗くなった。俺が咄嗟に振り返ると、は虫類のように瞳孔が縦に裂けた巨大な瞳が、俺をのぞき込んでいた。

思わず息が止まる。

「ど……どら……!!」

俺の目の前には、巨大なドラゴンがいた。

「ふん、こそこそと動き回っているオークがいると報告を受けて出てきてみれば……。貴様、こんな場所で何をしている？」

少しでも怪しい素振りを見せれば、すぐに殺してやろうという気迫が、その目には宿っている。

「へ、へへへ、じ、実はこの間襲撃した村で、俺がいた部隊が全滅しちゃいましてね。命からがら逃げ出して、森を彷徨ってたらこの村に着いたもので……。出来るなら手助けをしようと思いましてね……」

冷や汗が額から流れ落ちるのが分かった。頼む、この苦し紛れの嘘、通じてくれ……！

「ふぅむ……」

ドラゴンは思案気に瞳を閉じる。胃に穴が空きそうなほど張り詰めた空気が、辺りを包む。ごくりと飲んだ生唾が、目の前のドラゴンに聞こえていないことを祈る。

永遠とも思える刹那を終え、ドラゴンは目を見開き、大口を開けて笑い出した。

「ぐはっはっはっは！　……面白い嘘をつく！　身体から人間とエルフの臭いをまき散らしながら、よくそんな嘘をつけたものだ！」

「ぐ……！」

無造作に放たれた爪の一撃を何とか躱す。

「上手く奴らの懐に潜り込んだという訳でもなさそうだな。何故、魔王軍を……姫を裏切ったのかは聞かんよ。どうせお前はここで死ぬのだからな！」

「くっそ！」

炎のブレスが俺を襲う。その場から飛び退いて間一髪のところで攻撃を避ける。

とにかく、あいつから距離をとらないと。

「逃げても無駄だ！」

勿論、分かっている。こっちは愚鈍なオーク。それに対して相手はドラゴン。こんな見晴らしの良い村で、飛び立ったドラゴンから逃げ切れるとは思っていない。

（だから！）

時間稼ぎだ。

アリーナ様たちが広場に集まっている魔物たちを一蹴すれば、すぐにこいつに気が付くはずだ。だからそれまでなんとか死なないように、動き回る！

「どうしたどうした！　動きが鈍いぞ！　オークともなると、やはり愚鈍だなぁ！」

安い挑発には一切乗らない。苦しくても、黙って攻撃を避け続ける。

だが——瓦礫に足を取られ、顔面から地面に突っ込んだ。

「しまっ！」

「ふっ、終わりだなぁ……裏切り者のオークよ！」

ぎらりと、くすんだ鉤爪が迫る。

（終わった……）

旋風が巻き上がり、俺は目を閉じて肩を強張らせる。

「ぐぼっあ！　……あがっ？」

鉤爪が俺の胸に突き刺さり、俺が悲鳴を上げてそれで終了——のはずだった。

だけど俺の悲鳴は上がらず、代わりにドラゴンのくぐもった声が響く。

「……うっ？」

恐る恐る目を開けると、ドラゴンの胸には大きな穴があいていた。

「大丈夫ナオーク！　遅くなって悪かったわね！」

「少し手間取ってな。間に合って良かった」

「は……はは、は」

地響きを伴いながら、急所に風穴が空いたドラゴンは倒れ伏す。

少し手間取った？　あまりにも現実離れした発言。両軍の激突から、数十分と経っていないにも関わらず——村の奪還作戦は完遂されたのだった。

※　※　※

「お疲れ様です、アリーナ様」

城へと帰還した俺とアリーナ様は、エルフの城の自室にふたりきりで、まったりとした時間を過ごしていた。

俺はねぎらいの言葉を掛け、タオルと水を手渡した。

「ありがと。んく……ふぅ。今日、湖の村を取り戻せたのは大きいわね」

渡された水を一口飲み込んだアリーナ様は、タオルで汗を拭う
「なんだか怖いくらい順調ですね。これも同盟を組んだおかげでしょうか」

「ま、そうかもね。戦力の八割くらいはあたしとエルゼだけど」

「ははは……」

それはそうもなるだろう。オークの大軍をたったひとりで、楽々壊滅させられる実力を持つアリーナ様。そのアリーナ様と――戯れだとしても――渡り合ったエルゼ。

このふたりの手にかかったら、大抵の魔物は一蹴されてしまうだろう。

「……ナオークが教えてくれる、魔物の情報があってこそよ」

「あ、アリーナ様、ちょっと……」

いきなり、アリーナ様はおっぱいを押しつけてきた。

「うふっ、今日は気分がいいの。あんたも頑張ってくれてるし、ご褒美をあげるわ」

第二話　ふたりの時間

「あんたも期待してたんでしょ？　もう勃起してるじゃない」

アリーナ様の手が股間に伸ばされ、わしっと掴んできた。

力強く掴まれたペニスは、確かに硬くなっている。

「ほら、こっちに来なさい」

俺はアリーナ様に腕を引かれてベッドへと誘導された。

「そこに座って、おちんちん出しなさい」

ベッドまでやってくると、アリーナ様に胸をトンと押して、ベッドの縁に座らせられてしまった。

「いつもならお仕置きしてるところなんだけど……今日は特別。力抜きなさい……ちゅっ」

やさしくペニスにキスをしてくれた。柔らかい唇の感触が何度もペニスに当たる。

「んっんっ……」

むに、むにっと押し当てられる唇の感触は、いつもアリーナ様から与えられる強烈な刺激ではなく、かといって焦らすようなものでもない。本当に、俺を労ってくれているようだった。

当てているだけだった唇が開かれ、アリーナ様は俺のペニスを口に含む。

「んうっ……」

アリーナ様の口の中には、唾液が貯められていた。じゅぷりと音をたてながらペニスが口の中に埋まる。

「口らと、さすふぁにれんぶ入らふぁいわね……」

俺のペニスが大きすぎるせいで、カリ首が埋まるくらいしか口の中に入らなかった。

それでも、体温によって温められた唾液と、むっちりとした舌肉が絡まって、とても気持ちが良い。

「ちゅぱちゅるっちゅ……」

「ふぅっ！」

優しくカリをなで上げられながら吸い付かれ、思わず声が漏れた。

「むひゅ……んじゅっ！　んるぉ」

頬の肉をペコパコと動かされる。

「うっ！　カ、カリが圧迫されて……」

急な圧迫と開放が繰り返され、カリの部分に血液が溜まっていく。充血し、どんどん敏感になるカリに、ねっとりと、舌が絡んでくる。舌に生えた繊維状の細いざらざらも、気持ちよさに拍車を掛けてくる。

「んむんんっ、じゅる、んもぉ……んろじゅぷっ」

「んっ。アリーナ様のフェラ音、すっごくエッチです……」

「んふふっ、むあっ！　いつもは激しいのばっかりだから、たまにはこうゆうのもいいもんでしょ？」

「た、確かに……」

悪くない。というか、かなり良い。アリーナ様やエルゼにいじめられるのは勿論好きなんだけど、このフェラにはそれとはまた別の良さが、確かにあった。

「あたしのお口まんこなんだから、それくらい当たり前だけどね。ちゅぷっ！」

それほど強気な発言をするのも頷けるくらい、フェラのテクニックは相当なモノだった。

「んぶちゅるんじゅぼっ、じゅぼっちゅ」

俺の目を見ながら、いやらしい水音を響かせる。その水音に合わせて俺のペニスが喜んでしまう。

「っ……」

「んじゅぷ！　ぷちゅ、じゅぽぽ！　じゅぷっちゅぷぁ！」

だけど、さんざん調教された俺にとってはやっぱり少し刺激が足りない。

「んじゅぅっ……ぷぁ！　切なそうな顔しちゃって……。今日は出したかったら、いつでも射精しちゃっていいんだからね」

「あ、ありがとうございます……。でも……」

「刺激が足りないって？　まったく、せっかく痛くもない、苦しくもないプレイをしてあげてるっていうのに……それじゃあ、こんなのはどう？」

「うっ……うぉ！」

ペニスに添えられていた手が下へと伸び、尻の穴をロックオンした。アリーナ様はつんつんと指先で尻穴を刺激する。

「あ……アリーナ様！　そこは汚い……」

「そんなの気にしないわよ。だけど本当に、こういうことには敏感に反応するのね……れろっ。ふふ、お尻の穴に指を添えただけなのに、こんなにおちんちん振るわせて……んむんむ」

尻に、しなやかな指がずぷりと沈み込む。第一関節くらいまでしか入っていないはず……。

（なのに……こんなに苦しいのか）

排泄器官から異物が入る違和感は、なかなかクるものがある。何も意識していないのに勝手に空気を吐き出しているし、額に脂汗が浮かぶ。それに、涙が勝手に流れだしてくる。

それなのに、アリーナ様の指がくいっと曲げられるだけで、下腹部と頭が熱くなった。

そんな状況でも、まだ尻のほうに集中できていたならマシだったが――。

「んちゅれおんむちゅぷちゅまっ！　じゅるるるっぽ！」

「んおおおっ!!　あ、あ！」

アリーナ様は、やっぱりアリーナ様だった。

指から与えられる圧迫感でいっぱいいっぱいな俺のカリを吸い上げてきた。

「ふふ、やっぱりナオークはそうやって喘いでいるほうが可愛いわよ」

「あふっう!!」

指の侵入を阻止しようとする肛門括約筋を強引に突破して、アリーナ様の指が更に埋め込まれた。

「ねえ、これ。このコリコリしてる部分、触られてるの分かる？」

前立腺だ。尻の奥にある男の隠れた弱点を、俺は今触られていた。

くいっくいっと指を折り曲げられ、そのたびに前立腺が刺激され、頭がとろけそうになる。

「ほら、触るたびにおちんちんが硬くなってく。もう、さっきより舐めにくいくらい大きくなってるわ」

顎を休めるためだろうか、アリーナ様は熱心に吸い上げていたカリから竿へ、口を移した。

「あむっんむむ」

唇で竿を咥え、横目で挑戦的に俺を見たアリーナ様は、前立腺を高速で擦りあげてきた。刺激が与えられるたびに、俺の意思とは関係なくペニスが跳ねる。

「うむっ！　ひふひふひふる」

俺の刺激への反応を、口でダイレクトに感じ取ったアリーナ様は面白そうに目を細めた。

「んむ、んむ……うふ」

唇で揉むようにペニスを甘噛みされ、スーッと頭が冴えていくような、熱が引くような感覚が俺を襲った。

「おあ……！　おああああ!!」

それと相反するように腰が跳ね、ペニスがビクビクと脈打って大量のカウパーが発射された。

「ぉおおああ……お、俺……イッてるぅ……。イッてるのにおぁ……しゃ、射精出来ない……」

「んん♪　んむ。凄いことになってるわね。これ、こんなにおちんちんビクビクしてるのに、がまん汁しか出せないなんて、ねぇ？」

言葉と共に、尻に射し込まれた指がぐるんと一周して、かき回された。

「おおぉ……!!　で、でもぉ……ぎもぢぃい！　また、またイぐぅ!!」

「そうね、分かるわ。んちゅ……こんなにおちんちん気持ちよさそうなんだもん」

ぐわんぐわんと指が回り、耐えられないほどの快楽が押し寄せてくる。

「おおぉお!!　んのおおお!!　んぐおおおおお!!」

尿道が切れそうになるくらいの勢いでカウパーが吐き出され続ける。飛び散るカウパーはアリーナ様の髪や顔をびたびたに汚し、ベッドを水浸しにする。

「かう、カウパー止まんないです！」

「止めようとしなくていいのよ。我慢せずに、どんどん出しちゃえばいいの」

「はあぁあああうあぁ……」

その言葉に安心して、俺は快楽に身を任せることにした。強張っていた身体の力が抜ける。すると、理性で押し留めていた快楽の波が、津波となって押し寄せてくる。

「んぐうおおおおおおお!!　あああああおおおおぉぅ！　あ、アリーナさまぁ！　おね、お願いします！　しゃせい！　しゃせいさせてぐださいぃ!!」

「んっ……いいよ。流石にこのままじゃ可哀想だもんね。……んちゅじゅぷじゅぷっ！」

尻の穴がめくり上がってしまうのではないかと思うくらい激しく指を出し入れされながら、同時にカリに容赦なく吸いつくアリーナ様。

「ぢゅぼぼぼぼ！　ぢゅううぅぅううう!!」

「あうぅううう!!　あぁ!!　で、出ます!!　射精!!　きます！」

「あがうっ!?」

ペニスがますます巨大に膨らみ、スライムのように濃い精液をアリーナ様の口の中へと排出した。

「おむぅ!!　うぐげぼぉ!!」

そのあまりの勢いに、俺の精液がアリーナ様の口内から溢れた。それだけでは対処仕切れず、鼻の穴からも精液が漏れている。

「げおっ!!　ごほ！　んぐっ……ぢゅる……んじゅ……。はぁ～、はぁ～っ」

俺が吐き出した精液を処理し終えたアリーナ様はにへらっ、と笑顔を浮かべた。

第三話 至福の衝撃

その笑顔は、今までにアリーナ様が浮かべたことのないような笑顔だった。

ドライオーガズムからの射精で、普通じゃない状態になっていた俺でも分かるほど、その笑顔は、異様なものだった。

「んあぁっ……お口の中……濃い精子の味でいっぱぁい……」

わざわざ大きく開けて、唾液でぬめる口内を俺に見せつけて、息を吐き掛けてきた。

むぁっとする精液の生臭さとともに、アリーナ様の甘い唾液の匂いが鼻をくすぐる。

「すごく、エッチな臭い……します」

「そう……でしょ？　んむぅ、ちゅうっ」

艶めかしい声で囁きながら、アリーナ様は俺の鼻にしゃぶりつく。

「んおっ」

濃厚な匂いをゼロ距離で嗅がされて、目が眩んだ。

アリーナ様は、お構いなしにくちゅぐちゅと俺の鼻を舐め、唾液を俺の鼻の穴に送り込む。

「んむあむちゅむっ」

「おぐ……あおっ」

あまりにも長い時間、そうやって鼻をいじめられていたせいだろう、意識が混濁しはじめ、落ちそうになる瞼を必死に持ち上げる。

「んぱっ！　ふふ、ナオーク？　まだまだいけるわよね？」

十分に鼻を味わい尽くしたアリーナ様は、俺の肩に手を当て優しくベッドへと押し倒した。

そして、潤んだ瞳で俺を見つめてくる。

「は……はい！」

「ふふ、この体勢だとつい癖でいつもみたいなプレイが始まっちゃいそうね」

「え？　ち、違うんですか？」

「言ったでしょ？　今日はご褒美だって。それともなに？　あたしからのご褒美は受け取れないっていうの？」

「そんなこと……！」

むしろ、嬉しいくらいだ。ただ、意外だった。

アリーナ様は俺と出会ったときに、オークをレイプしたい！　と豪語していた。だからアリーナ様が俺に求めているものは、そういうモノだろうと思っていた。

「あんたがあたしのことどう思ってるか知らないけどね……」

どんな理由でかは知らないが、かなり怒っているようだった。

「あたしはね！　……っ！　まあ、いいわ。ほら、あんたのおちんちんちょっと貸しなさい！」

「うわっ！」

乱暴にペニスを掴み、アリーナ様はじゅくじゅくになったマンコにあてがうと、ずるりとペニスを挿入していった。

「ふぅっ……!!　おぐぅ……。あ、あんたのおちんちん、サイズが大きくなってない？　この間よりも、苦しくて、おっ、おまんこ……張り裂けそう……」

苦しげな声を漏らしながら、それでもアリーナ様はペニスを根元まで飲み込んだ。

アツアツの膣内は、今までにないほど蕩けていた。まるで、俺のペニスと一体化しようとしているようだ。

「すご……こ、こんなトロトロな状態で動かれたら……！　さっき出したばかりなのに、またすぐに射精しちゃいますよ！」

「はぁ……はぁ……あ、当たり前、でしょ。誰のおまんこだと思ってるのよ」

「だ、大丈夫ですか？」

もの凄い量の汗を垂らしながら、それでもアリーナ様は腰をくねらせはじめた。

「大丈夫に、決まってるでしょ！」

カリがアリーナ様の奥でこすりつけられる。

「ほっ……おぉ！　凄い……ペニスとろけそう……」

「ふふ……もぉっと、凄くなるわよ？　ふぐぅ！」

そう言うとアリーナ様は、子宮にペニスを押しつけるように腰を沈めてきた。

「か……ふっ……」

自分で押し込んでおきながら、子宮が押された衝撃で、アリーナ様は軽く息を吐き出した。それもすぐに飲み込んで、腰を回す。多少ぎこちなくなってはいたが、それでも気持ち良くなるには十分な動きだった。

十分に耐える準備をしていたにも関わらず、油断をすればすぐに射精してしまいそうな責め……。騎乗位という受け身の体勢だと、それが顕著に表れる。

「ふぅん……うぅ……んっ！　あぁ！　うぅん！」

ベッドのシーツを必死に掴み、恥ずかしい射精だけはしないように気合いを入れた。

そのおかげで、なんとか漏らし射精をせずにすんだ。

「そうだナオーク？　あんたが好きなの、やってあげる」

「えぅ？　んんんっ!!」

アリーナ様は腰をくねらせながら、俺の乳首に指を置いた。

(つ、つねられる!?)

期待と痛みを予想して、乳首に全神経を集中させる。

「……？」

だけどアリーナ様は俺の乳首をつねることはしなかった。その代わり、小動物を愛でるような優しい指使いで、まだ柔らかい乳首をこねはじめた。

「そ、そんな……アリーナ様……」

「どお？　気持ちいい？」

正直なところ、ただコロコロと転がされるだけでは、気持ちよさもなにもない。そういう身体にされてしまったのだから当然ではあるが……。ただ、アリーナ様の気に掛けるような視線に耐えきれず、俺はその言葉に頷いていた。

「は、はい。すごく……」

ありがたいことに、適度な刺激によって、俺の乳首は恥ずかしげもなく勃起していた。それを指で感じ取っていたのだろう、特に疑っていないようだった。

「んあ……ふぅ……ほんと？　なら良かった……」

不意に、アリーナ様はすごく自然体な笑顔を浮かべた。

「……!?　かっ……」

(可愛い……)

心臓がドキドキと大きな音を立てている。アリーナ様に聞こえてしまっていないか、少し気になって、彼女に視線を送る。

「あぅ……んなあああ！　あんっあああ！」

腰を必死に振って、快楽に喘ぎ声を上げている。それでも乳首をこねる手は止まらない。

「ねえナオーク……！　手、手を繋いで！　ほら、早く！」

アリーナ様は乳首を弄る手とは反対の手を差し出して、それを握れと催促してくる。

「は、はい」

俺は咄嗟にアリーナ様の手を握るが、その途端アリーナ様の表情はむっとしたものに変わる。

「そ……うじゃなくて！　指を絡ませて！」

「す、すみません……」

俺はすぐに謝って恋人にするように、指を絡ませて手を握る。アリーナ様はどこか安心したように目尻を緩めた。その表情を見ていると、なんだか心が温かくなるような、ほっとするような、奇妙な感覚が俺を包み込んだ。

握られた手に、ぎゅっと力が込められる。それがなんだか恥ずかしかった。

「あぁ……！　ああん！　あああああ!!」

さっきまで苦しそうにペニスを咥え込んでいたワレメは、大量の愛液を分泌していた。キツかった膣内も、今では滑らかに出し入れを繰り返している。

あまりのエロさに、俺は思わずアリーナ様の股間に視線を固定させてしまった。

ワレメの先端は興奮のあまりクリがパンパンに膨れあがり、上を向いている。結合部分からは白く濁り始めた愛液がそこかしこに飛び跳ねている。

その少し上へ視線を移動させると、なだらかな丸みをおびたお腹……。思わず、俺はその下腹に手を伸ばしていた。

「ひゃんっ……！」

俺が下腹を触ると、普段聞けないような甲高い声を、アリーナ様は上げた。

「どうしたの、いきなり」

荒い息を漏らしながら蕩けた目で、アリーナ様は俺を見る。

「あ……いや、すみません。な、なんとなく触ってみたくなって……思わず」

「……そうなんだ」

アリーナ様は俺の乳首弄りを止めると、お腹に当てた俺の手へと重ねた。

（……やっぱり、様子がおかしい）

ちょっと強引に腰を動かしてはいるが、俺の人権を無視するようなプレイはしてこない。

さっきから……というか、今日誘われてからずっと、アリーナ様は俺に優しすぎる。ご褒美だというのを差し引いても、なんだか負に落ちない。

「あの、アリーナ様?」

「な、なに?」

俺の様子に何かを感じ取ったのか、アリーナ様は誤魔化すように激しく腰を上下させた。

「うっ……くぅ……! 今日のアリーナ様、ちょっとくっ……変ですよ」

「そ……、そんなわけないでしょ! 何言ってるのよ!」

明らかに動揺を隠しきれていない。必死に腰を振って話題を逸らそうとしているが——もちろん気を抜けばすぐに射精してしまいそうなくらい気持ち良かったが——俺は食いついていく。

「どうしたんですか? 俺に言っても解決出来ないような問題なんですか? もし俺が役に立てるなら、言って欲しいですよ」

「う……あ……」

俺の言葉に、アリーナ様は腰の動きを止めて目を泳がせる。

ふたりの息づかいだけが部屋に響いている。

俺とアリーナ様はじっと見つめ合った。そして——。

「あ……あんたのことが、す……好き……なのよ」

と、アリーナ様は目を逸らしながらそう言った。

「え……あっ」

予想外の言葉に俺は、顔が熱くなるのを感じた。

第四話 姫騎士様との想い

見ている間に、アリーナ様の顔が赤くなっていく。

ちょっと涙目になっているようにも見えて、相当緊張していることが窺えた。

「ちょっ、ちょっと、なに黙ってるのよ。も、もしかしてあんたあたしのこと……」

自分を抱くように、アリーナ様はぎゅっと両腕を胸の下で交差させた。その動きによって、アリーナ様のおっぱいがぎゅっと寄せられて、柔らかなお肉が腕の間からはみ出るほどに盛り上がった。

俺は、その迫力ある光景に見とれていた。

「いや、あの、驚いちゃって。まさか、そんなことを言って貰えるなんて、思っていなかったので。

……俺もアリーナ様のこと、好き、なので」

頭を掻いて、そう言った。

「ほ、ホント!?」

途端、アリーナ様の膣壁が伸縮してペニスが締め付けられる。

アリーナ様は顔に手を当てて、目を潤ませていた。

「嘘じゃないわよね!?」

俺の言葉を疑っているわけではなさそうだったが、それでも確認せずにはいられなかったみたいだ。

「もちろんです」

下腹部に与えられる快感に耐えながら、俺は頷きながら答えた。

「はぁ……。良かった」

ほっとした表情を浮かべ、アリーナ様は胸をなで下ろした。

「あの、アリーナ様。それじゃあ俺たち、こ、恋人になった、ってことでいいんでしょうか……」

さっきのアリーナ様ではないが、言葉として聞いておきたくて俺は聞き返した。

「そ……」

恋人、という言葉がそれほど恥ずかしいのか、アリーナ様の顔はさらに真っ赤になった。

「そうね。そういうことに、なるわね」

もじもじとするアリーナ様はとても可愛かったが、腰の動きのせいで膣がうねる。あまりの気持ちよさに、歯を食いしばった。

「そ、それじゃあ……あの、お願いが、あるんですけど……」

「なによ水くさいわね。言ってみなさいよ」

「あの、今までみたいに、俺をいじめてくれませんか。そっちのほうが……」

俺たちらしい。

そう思ったのはアリーナ様も同じだったようだ。

「ふふっ、そうね」

アリーナ様の顔がほころんだ。

「それじゃあ――」

獣のような前傾姿勢になり、俺の胸に手が置かれる。嫌でも俺の心臓は高鳴る。

「いつもみたいに、やろっか」

そう言うと、アリーナ様は腰をぐっと持ち上げた。

柔らかな膣は俺のペニスにぴったりと合う形に変化しながら抜けていく。

カリの部分まで抜けると、アリーナ様はそこで一度動きを止め、細かく下げては動かしはじめた。

「う……あ……。アリーナ様……」

「ふふふっ」

さっきのような恋人セックスも良かった。だけどアリーナ様は今のように俺を見下してくれないと。

「それで？　ナオークはこれからあたしに、何をしてもらいたいの？」

冷淡な言葉を投げかけられ、ぞくぞくとした感覚が背筋を駆け抜けた。

「あ……あぁ！」

この感覚だ。俺はこの感覚を待ち望んでいた。

「お……ちんちんを……、慰めてください……」

無意識に卑猥な言葉を選んで、アリーナ様におねだりしていた。

「ちゃんと言えたわね」

ずるり……。粘着質な水音と共に、アリーナ様の中に、俺のペニスが飲み込まれる。だけど、身体の最奥までは届かない絶妙な距離で引き抜かれてしまった。途端、俺のペニスはびくりと跳ねた。

「そんなにあたしの子宮におちんちんキスしたいの？」

囁くような言葉が耳から侵入し、脳みそを蕩けさせる。

「でも……ダメ。おちんちんキス、させてあげない。自分で動くのもダメだからね？　もし動いたら、その時点でおちんちん苛めるの、止めちゃうから」

「あぁぁあ……ふっ！　うぅう……！」

微妙な力加減で出し入れされ、子宮口とキスしたいという衝動が高まってくる。

しかも、アリーナ様の膣はぴったりと吸い付いているものだから、自然と腰を突き出しそうになってしまう。必死に押さえつけるが、気を抜けばそれまで。これ以上のセックスは中止になってしまうだろう。

そうなれば地獄だ。しばらくはどんなプレイもさせてくれないだろうし、エルゼとやることも許してくれないだろう。

「ぐ……くぅ……」

「あ〜、ナオークのゴツゴツしたおちんちん気持ちいいわ。あたしのヒダによく絡んで、んっ……イッちゃいそう」

どうやら俺のペニスはアリーナ様を喜ばせるのに貢献しているようだった。なによりの光栄なんだけど、それに比例するように俺の欲求が高まっていく。

「はっ、はっ……くぅ」

「そうだ、あたしがイくまで射精を我慢出来たら、子宮におちんちんキスさせてあげるわ。いくわよ？」

ピストン運動に合わせて、アリーナ様は腰をグラインドさせてくる。

「うっ……！」

アリーナ様が腰を動かす姿がとてもエロく、思わず射精してしまいそうになった。

ぐっと腰に力を入れて、我慢する。

「今、危なかったね。びくびくぅって動いて、すぐに分かったわ。んんっ……！　あふっ！」

「はぁ、はぁ……」

落ち着いて腰に集中すれば、まだまだいける。アリーナ様自身、もうすぐイってしまいそうだと言っていたから、もう少しだけ我慢出来れば、それでいい。

「く……！　うぅ！　あぁ!!」

だけど、アリーナ様の責めは甘くない。

不規則な腰のグラインドに上下ピストンも加わり、いくら身構えても無意味になってきてしまっている。アリーナ様も激しい動きに汗を流し、前髪がぴったりと額に張り付いてしまっている。

「あぁ……！　ナオークのおちんちん気持ち、……よすぎ！」

アリーナ様が一際大きな呼吸をすると、膣内のヒダヒダが微妙に振動しはじめた。

（……もうすぐだ！）

絶頂の予兆だ。身構えた途端、アリーナ様の膣は激しく伸縮した。

「うっ！　……ぐううう!!　すみませんアリーナ様！　俺、射精します！」

「うううあああ！　い、イク!!　イクぅぅうう！」

大声と共に、アリーナ様の腰が痙攣した。ぎゅう〜っとペニスが締め付けられ、気が付けば俺は射精していた。

「おぉお……！　おまんこ、射精されて……喜んでるよぉ……」

イッたことで力が入らないのか、アリーナ様はがっつり腰を俺の股間に沈み込ませていた。ペニスはアリーナ様の子宮口を叩き上げ、俺の子種をゼロ距離で子袋へ送り出している。

これじゃあどっちが勝ったのか、まったく分からない。

「はぁ……はぁ……」

「あ……アリーナ様？」

絶頂の余韻で、何度も身体を震わせているアリーナ様に声を掛けた。

「な、はぁ……はぁ、なに？」

「この勝負……引き分け、ですかね？」

俺の問いかけに対して、息も絶え絶えにアリーナ様は言った。

「な……何言ってるの……あたしの、勝ち、なんだからぁ……うっ」

身体のバランスを取ることも出来なくなってしまったのか、アリーナ様は前のめりに倒れ込んだ。

柔らかなおっぱいが押しつけられる。

(まったく……)

それでも強気に勝ちを宣言したアリーナ様を、俺は優しく抱きしめた。

※　※　※

「でも、なんで俺なんかを好きになったんですか？」

「え？　そ、それは……あんた、あたしと出会ったときのこと、覚えてる？」

「当たり前じゃないですか。まだ忘れるほど時間経ってないですからね」

たとえどんなに時間が経ったとしても、あの衝撃的な出会いを忘れられるとは到底思えない、という感想は黙っておくことにした。

アリーナ様はあのときのことを思い出しているのか、楽しそうな笑みを浮かべた。

「それもそうね。……それで、あのときあんた、あたしのこと女の子扱いしてくれたでしょ」

さすがにそこまで細かくは覚えていないけど、そうだったかもしれない。でも、それだけで俺を好きになるなんてこと、あるだろうか。

「あんたはそれくらいで、って思うかもしれないけどね。あたし、こんなんだからさ。昔っから女の子扱いされてこなかったのよ。そりゃ、見た目は可愛いから毎日のように知らない貴族から声をかけられたりはしたけど……。皆、あたしの性格とか、実力とか知るとどうしても萎縮するようになっちゃうのよね」

だから、とアリーナ様は続けた。

「――助けたいって言ってくれたナオークが、すごくかっこよく見えたの！」

そう言ってそっぽを向くアリーナ様は、とっても可愛かった。

第五話　襲われた町

前日の戦いから一夜明け、同盟軍は数日前に魔王軍に襲われたという町へと足を伸ばしていた。

「ここか、魔物に襲われた町というのは」

「かなりボロボロにされてるわね」

アリーナ様は辺りを一瞥すると、俯いてかぶりを振った。

この町の現状を見れば、その気持ちも分かろうものだ。元々はかなり大きかったのだろうこの町も、半壊した建物だけが目立っている。それもそのはず、他の建物は完全に倒壊してしまっている。

「これじゃあ復興まで人が住めませんね……」

「ああ……。だが、魔物に占領されなかったのは不幸中の幸いだったな」

「そうね。あいつらにとって、この町はあまり美味しくないのかも……」

「発展していれば良いという問題ではない、ということだな」

「そうですね。魔族の姫はかなり戦略的な性格をしているみたいですから。襲う場所や時期をしっかり決めて、実行しているんでしょう」

「ほんと、やっかいな相手よね」

アリーナ様とエルゼは目を合わせると、ため息をつき合った。

「だが、かえって良かったかもしれんな。正直、大規模な戦闘になると思っていたからな。……ふむ、ナオーク、私とアリーナは近くに陣を敷く。その間に町を回って様子を見てきてくれ。町民がどこに行ったのかも気になる。出来ればそっちも調べてきて欲しい」

「分かりました」

と、不意にアリーナ様と目が合った。アリーナ様はほんのりと頬を染めた。

「奇襲には気をつけてよ？　前回の交戦であんたのことが敵にバレているかもしれないんだから」

「あはは、ありがとうございます。それじゃあ行ってきますね」

俺は隊から離れると、町を見て回った。近くで見ると、その被害は尋常ではなかった。建物は例外なく人が住めるものではなくなっているし、井戸も壊されて使い物にならなくなっている。もしかしたら中の水も汚染されてしまっているかもしれない。後でしっかり検査したほうが良いだろう。

「お？」

町を歩きまわっていると、大きな教会を見つけた。他の建物と同様、半壊状態になっているその建物は、それでも他よりは良好な状態を保っているようだった。

「やっぱりこういう施設は、強度があるのかな」

普段は絶対に近づかない建物に興味が湧き、俺は教会の周囲を探索することにした。

煉瓦の壁は無残に崩れ、室内を露出させていた。のぞき込むと、中は予想以上に綺麗な状態だった。人間をあぶり出すために壊したが、誰もいなかったためにそのままになったのだろう。

「……ん？」

ふと、人の気配を感じて振り返ると、森の中へと消える修道女の後ろ姿が見えた。

逡巡は一瞬。俺はそのシスターのあとを追うことにした。

シスターが消えていった森の中は、以外にも獣道が一本、分かりやすく続いていた。

その道を進んでいくと、平屋がいくつも建った広場に行き当たった。

(キャンプ場かな?)

近くには炊事場もあるようだ。食料さえあれば生活するのに問題なさそうな施設だ。

(そうか、町の人たちはここに逃げ込んだんだ)

そうと分かれば、すぐにアリーナ様たちに知らせよう。出来れば、現状がどうなっているかも知っておきたかったが、オークの俺がいきなり現れたら、町民たちも混乱するだろう。

——と引き返そうとしたときだ。

「あ、あの……」

「おわあ!」

突然の声に、俺は飛び上がって驚いた。そこまで驚かれると思っていなかったのだろう、声の主も俺の動作に驚きの声を上げた。

「ひゃっ! も、申し訳ありません、オーク様。驚かせるつもりはなかったのですが……」

振り向くとそこには、腕を組んで心配そうに俺を見つめるシスターさんがいた。あまりにも美人なシスターさんに、つい見惚れてしまう。

「……? あの、大丈夫ですか? どこかお身体が悪いのでしょうか?」

「へ!? い、いやいやそんなことないですよ! ちょっと驚いちゃって!」

「あぁ……それなら良かったです」

シスターさんはほっとしたように胸に手を当てた。

「あの……」

「はい、なんでしょうか」

小首を傾げるシスターさんは、全くの無警戒だ。無垢な視線が、ちょっとだけ心に刺さる。

「えっと俺、オークなんですけど……分かってて話しかけてます？」

「は、はい。もちろんでございます」

俺がオークであることに気が付いていてなお、このシスターさんは俺に話しかけてきたのだと言う。

そんなことってあるだろうか？　俺はびっくりして目を見開いてしまった。

だが、にこにこと愛嬌のある笑顔を浮かべるシスターさんが嘘を言っているようには見えなかった。

「驚かれるのも無理はありません。わたくしが信仰する宗教では、種族平等を掲げておりまして。どのような方々にも優しくするように、という戒律があるのです。それに……見たところオーク様からは敵意を感じませんから」

彼女は朗らかに笑い、俺の手を取ってぎゅっと握りしめてきた。

「ところでオーク様、今日はどのようなご用件でわたくしたちの町にお越しになられたのですか？」

「あ……！　そうです。実は――」

俺は彼女に、この町に訪れた事情を説明した。

「まぁ……。それは大変なご足労を。それでは、姫騎士様たちに事情を説明しなければいけませんね」

「もしよければ、シスターさんがふたりに話をしてくれると助かるんですが……」

「わたくしで良ければ、喜んで。あ、申し遅れました、わたくしはカティアと申します」

「俺はナオーク。よろしくお願いしますね、カティアさん」

カティアさんを連れてアリーナ様とエルゼの元へ戻ると、町の外れに立派な陣が敷かれていた。

その中心に行くと、アリーナ様とエルゼは、テキパキと部下に指示を送っているところだった。

「アリーナ様！　エルゼ！　ちょっと！」

ふたりを呼ぶと、すぐに俺に気付いてくれた。忙しそうなふたりに、手短にカティアさんを紹介する。

「へぇ、この町のシスターさん？　凄い、髪の毛黒い、さらさらしてる……」

「うむ。この包み込むような優しさが、日々町民をいやしてくれているのだろう」

興味の出方がちょっと変だけど、ふたりはカティアさんのことを気に入ってくれたみたいだった。

「それでナオーク。カティア殿をここに連れてきたということは、他の町民の居場所も分かったということだろう？」

「あ、はい！　そうなんです。あっちに教会があるんですけど、その近くに脇道があって、その先にみんないるみたいです」

「そうなんだ。エルゼ、あたしはちょっとそっち行ってくるわね」

「そうだな。エルフの上に堅物の私が行くより、アリーナのほうが適任だろう。そうしてくれ」

アリーナ様は意気揚々と外へと向かって走り出した。

「ひとりで大丈夫ですか!?」

「教会の近くでしょ！　大丈夫よ！」

あの飛び出し方から見て、部下たちに命令を出すのに飽きていたんだろう。

「ナオーク、すまないが私も他の指示に忙しくてな。先に町に出て、片付けの下見をしておいてくれ。どこから手を付けられそうか、後で教えてくれ」

とても申し訳なさそうに言った。俺は気にしないでくれと手を振って、その頼みを引き受ける。

「任せてください」

「わたくしもご一緒してもよろしいでしょうか」

俺の服の袖を引っ張って自分を主張しながら、カティアさんは俺についてきたいと言っている。

「いいのではないか？　地理も詳しいだろうし、仕事が早く終わるだろう。カティア殿、是非そうしてくれ」

「ありがとうございます！　エルゼ様！」

エルゼの許可が下りたことで、不安そうにしていたカティアさんの表情に、ぱっと笑顔が咲いた。

町に出ると、俺はカティアさんに案内されながら被害を見て回っていく。

「この家にはマルデラ夫婦のおふたりが住んでいました。ご婦人のアルコットさんは料理がお上手で、よくジャムを作ってはお裾分けを持ってきてくれたのです。あっ、あっちのお家にはこの町一番の長生きおじいちゃんが住んでいて、よく一緒にお散歩をさせていただいたんです。それに――」

一カ所一カ所で立ち止まり、その家に住む人とのエピソードを語っていく。そして……。

「つい先日までは、綺麗な町並みだったのですが……」

そう言うカティアさんの瞳には、憂いが浮かんでいた。

「カティアさん……」

「も、申し訳ありません……。ナオーク様にはつまらないお話でしたね」

「いいえ、そんなことないです！　カティアさんが楽しそうにしているんですから、皆さん良い人だっていうのが伝わってきます。その人たちのためにも、早くこの町を復興させないと！」

「あ……ありがとうございます！　あ、そうだナオークさん。そろそろ歩き疲れてきていませんか？」

「そういえば……ちょっと」

ちょっとした気遣いに、自分の足が微妙に悲鳴を上げていることに気が付いた。

「それでしたら、教会で休んでいきませんか？」

嬉しそうに俺の手を取って、カティアさんは教会へと向かって行った。

第六話
シスターさんと神聖な場所

「どうぞ。普段はわたくしと神父様しか使用していないので、あまり汚れていないと思いますが……汚かったらすみません」

教会まで来た俺は、礼拝堂の腋にある小さな扉を通った先にある部屋に通された。

「ここは？」

「適当な椅子に座っていてください。今お茶をお入れしますから。あ、お紅茶で良かったですか？」

頷くと、カティアさんはにっこりと笑って、紅茶の準備をし始めた。テキパキと紅茶を用意するカティアさんに見とれながら待つこと数分、俺の目の前に温められたカップと、茶葉を蒸らしている途中のポットが置かれた。

「もう少しだけお待ちくださいね」

「おぉ……」

淀みのない動きで紅茶を用意する姿は、圧巻の一言だった。

「あっあの、そんなに見られると、照れてしまいます……」

俺は前のめりになってカティアさんを見つめていたようだ。カティアさんは頬を朱色に染めると、俯いてしまった。

「いや、でもこんなに手際よく紅茶を入れられるなんて凄いですよ。俺なんて、今までそんな風にやるなんて、知りもしなかったですもん」

そう言うとカティアさんはちょっとだけ顔を上げ、上目遣いで俺の顔色を窺う。

(うっ、上目遣いは卑怯だ……)

なんだか、無性に守ってあげたくなるほどの弱々しさ……。思わず抱きしめてしまいそうになるのを、必死に押さえ込む。

「あ、ありがとうございます。そんなこと言っていただいたのは、初めてです。……あの、ナオーク様は、とても優しい方なのですね」

憧れの人物を見るような視線を向けてくる。そんなことを言われたことがなかった俺は、狼狽える。

「俺も、そんなこと言われたの初めてです……」

「そ、そうなのですか？　なんだか、意外です。わたくしのつまらないお話も嫌な顔一つせずに付き合ってくれましたし……」

「い、いやぁ……」

今度は俺のほうが俯いてしまう。お互いになんて切り出せば良いのか分からずに、しばらく無言の時間が流れた。

「あ、も、もう十分蒸れたみたいです！」

今までの話をなかったことにするように、カティアさんは紅茶を注ぐ。

「どうぞ」

差し出されたカップをのぞき込むと、なんとも美しい琥珀色に輝いていた。

「ありがとうございます」

お礼を一言、俺はその紅茶を一口飲み込んだ。

「おぉ……」

喉から発せられたのは、感嘆の声。どんな茶葉を使っているのか、鼻を突き抜ける豊かな香り。ほのかに甘いのはどうしてだろう。砂糖なんて一切入れていなかったのに。それに、喉を通ったときの、独特な苦み。直前に感じた甘みとのギャップがなんとも言えない風味を醸し出している。

「美味しい……こんな美味しい紅茶、飲んだことありませんよ！」

「喜んでいただけて、良かったです……。あ、お代わりはいかがですか？」

頬を紅潮させたカティアさんは、そそくさとケトルを取りに立ち上がった。

「あっ……」

しかし、その途端に、カティアさんはバランスを崩して倒れこんだ。

「大丈夫ですか!?」

咄嗟に駆け寄ると、倒れたカティアさんを慎重に抱きかかえた。

「はぁ……うっ……あ」

苦しそうに息を漏らすカティアさんの顔は真っ赤だった。その額に手を当てて、体温を測る。

(凄い熱だ……)

さっきまで別になんともないようだったのに、いったいなぜ……。椅子をかき集めて簡易ベッドを作ると、そこに彼女を横たえる。ひとまずはコレで安心だけど……。

「そ、そうだ！　とりあえず冷やさないと！」

タオルか何かを見つけて、濡らしタオルでも——。

「お待ち……ください」

立ち去ろうとしたとき、カティアさんは俺の服の裾を力なく掴んできた。

「わたくしは、大丈夫です。それより……」

手首を器用に動かして、裾をくいくいとひっぱり、近くへ寄るように促された。

「ちょ……ちょっとカティアさん。寝てなくちゃダメですって」

「いえ、本当に……大丈夫です」

震える手をつきながら、カティアさんは上半身を起こした。

「ほら、大丈夫ですよ」

そう言うカティアさんの身体はふらふらと揺れている。様子を見ているだけでも、ダメだということが伝わってきた。

「大丈夫、大丈夫ですよ」

「ちょ……ちょっと」

おぼつかない足取りで立ち上がると、カティアさんはふらふらと俺に近付いてくる。

その雰囲気がなんだか怖くて、俺は猛烈な勢いで距離を取った。

よく見ると、カティアさんの目は光を失い、どこか遠くをのぞき込んでいる。

(これは……もしかして、瘴気に当てられてる？)

「カティアさん、ちょっとごめんなさい！」

聞こえているかは分からないが、一応の断りを入れて、俺は修道服のソデをめくった。

「うっ！」

どうやら俺の予感は当たったようだ。彼女の腕には、包帯が巻かれていた。魔物に与えられた傷だろう、包帯にはかなり血が染み込んでいた。

さらに、問題なのはここからだ。その傷には、黒いモヤのようなものが取り憑いている。

「やっぱり……！　うわぁ！」

傷を確認するためとはいえ、近付きすぎた。

マウントを取るようにカティアさんは俺の胴体に手を回し、がっちりとホールドした。

（ちょ……この体勢はまずい！）

何がまずいかというと、カティアさんの……おっぱいだ。

弾力のある、餅のようなおっぱいが丁度俺の股間に、ぷよんぷよんと押しつけられていることだ。

「申し訳ありませんナオーク様、その、先ほどからナオーク様のここから、とても良い匂いがしてきまして……。が、我慢が出来なく……て」

「うわ……！」

直前までふらふらだったとは思えないほど強い力で、俺は押し倒される。

「はぁ……はぁ！　これ……この逞しいデカマラが欲しかったのです」

不甲斐なくも完全に勃起してしまった俺のペニスは、どくどくと脈打ちカティアさんとの性行を待ちわびてしまっていた。

「失礼……しますね。んぶちゅぅ！」

大人しい彼女からは想像も出来いほど野性的に、カティアさんは俺のペニスを頬張った。

「おぐっんぐぶちゅ！」

口をすぼめながら、大きな音を立ててペニスを吸う。さらに手のひらで肉棒を上下にしごいていく。

「や、止めてくださいカティアさん！　正気に戻って！」

「んじゅぼんむあちゅぽっ！　んむぁ～あっ、ナオーク様のペニス、とっても美味しいれすよぉ」

言葉を発しながらも、カティアの口にペニスがどんどん埋まっていく。

「おごっうぶじゅ……」

数分前まで清楚な表情を浮かべていたカティアさんは、今や中毒者と思えるほどの恍惚とした笑顔を浮かべている。口の中に限界を超える異物を迎え入れているせいで鼻水を垂らし、ペニスを咥える口の間からは涎が溢れている。

「ちょ……ま、カティアさん！　俺のペニス、あり得ないところまで！」

俺のペニスの感覚は、既にカティアさんの口の中を通り過ぎ、喉の奥へと侵入しているのが伝わってきていた。

「んむぅうう♪　んじゅううんぢゅうう!!」

それなのにカティアさんは嬉しそうに俺のペニスを飲み込んでいく。カティアさんは、さらに余っている肉棒をがっしりと握り、もう片方の手で玉袋を鷲掴みした。

「ほぐぅ……!!」

「んぢゅううる！　んぼぢゅるぢゅぼ!!」

もにゅもにゅと器用に睾丸を転がしながら、ありったけの力が込められてシゴれる。そして、喉を使ったディープスロートの容赦のない責めに、アリーナ様に鍛えられた俺の肉棒が悲鳴を上げる。

（だ……ダメだ……。カティアさんのディープスロート……気持ち良すぎる！）

「んぶぅんぶぅ！　おあっ……おあぁああ……!!」

口とペニスの間から嗚咽とも悲鳴とも取れない声を上げ、カティアさんは白目を剥いた。それでも喉コキを止めることはない。

「おっ……ごぉ――」

ひときわ野太い嗚咽が、カティアさんから零れた瞬間……。

ごきゅり――！　と喉が締まり、俺のペニスを刺激した。

その刺激が引き金となり、俺のペニスは限界を迎え、ゼリーのように濃い白濁液を吐き出した。

「おじゅろおおおお……!!」

そんな射精を堪能するように、カティアさんはゆっくりと喉からペニスを引き抜いていく。

「ぢゅっ……ぽぁ！」

ペニスが引き抜かれると、胃液と精液が混ざった酸っぱい匂いが鼻につく。

だが、それよりもカティアさんの恍惚とした表情……。

「まだ……れふぅ。おちんぽぉ足りませぇん」

「ひっ……！」

一刻も早くこの場から逃げなければと後退(あとずさ)ろうとした俺に――。

「逃がしませんよぉ……」

と、器用に体勢を変えたカティアさんが、足でがっしりと腰を掴んできた。

第七話
瘴気の名残

「はっ、放してくださいカティアさん！」

正気ではないカティアさんを、肩を掴んで引きはがそうとする。

だけどカティアさんは妖艶な笑みを浮かべ続ける。

「ナオーク様のチンコだって、こんなにわたくしと遊びたがっているじゃないですか……」

カティアさんは腰をくねらせてペニスを挑発してくる。

「ほらやっぱり……。射精したばかりなのに、こんなにおっきくなっていますよ？」

たしかに、俺のペニスはカティアさんのワレメとその肉の感触を味わって、恥ずかしげもなく脈動している。

「こっこれは、生理現象で……」

言い訳がましいのは重々承知しているが、それでもそう言わないわけにはいかなかった。瘴気によって強引に理性を剥がされたカティアさんに、欲望のまま腰を打ちつけるのは簡単だ。だけど、自分の意思で行動しているわけではない彼女に、そんなことを出来るわけがなかった。

「誤魔化してはいけません。ほら、なんにもしていないのに美味しそうなお汁が、先っぽから流れ出していますよ？　ナオーク様のちんちんが、わたくしとおまんこしたいって仰（おっしゃ）っているんです」

訳の分からないことを言いながら、カティアさんは俺のペニスにクリをこすりつける。

「んんんぅん！　わたくしのお豆が硬い肉棒に擦れて、イッちゃいそうです！　おまんこからお汁が溢れてきているの、分かりますか!?」

カティアさんの言うように、相当な愛液が漏れているようで、彼女がお尻を動かすたびに、ぴちゃぴちゃと水音がする。

「あんっ……いつまで焦らすんですか？　仕方ありませんね、ふふ……わたくしが迷えるナオーク様を、導いてさし上げます」

器用に足で腰を掴んだまま、カティアさんは俺のペニスを入れられる程の隙間を確保した。ばっちり戦闘態勢になっているペニスと、ゆっくり結合していく。

「お……っ！　ふぅううんっ！　ナオーク様の巨大ペニス入ってきますぅ!!」

カティアさんの中は、アリーナ様やエルゼとはまた違った、ふわふわとした感触をしていた。まるで布団のように優しくペニスを包み込む肉壁に、どことなく安心感を覚えてしまう。

ずぶずぶとペニスが埋まると、カティアさんのお腹がペニスの形に膨らんでいく。

「あふっ……、ナオーク様のペニスとっても逞しくて、わたくしの子宮が疼いています♥」

お腹に手を当てながら、カティアさんはちゅるりと唇を舐める。そのときのカティアさんは、まるで獲物を狩るハンターの目をしていた。

「大丈夫ですよ、ナオークさん。全部わたくしにお任せください。わたくしが、天国へ連れて行ってあげますから……。どうぞ」

両腕を前に投げ出すその仕草は、俺の全てを受け入れてくれているようだった。

「あ……」

俺は吸い込まれるようにカティアさんの胸へと覆い被さった。

マシュマロのように柔らかいおっぱいが胸板に合わさった。カティアさんの小さめな右乳首が、俺の左乳首と合わさり、コリコリと擦れる。

それを意識して、カティアさんは更に身体を密着させる。

「良い子ですね……ナオーク様。キス、しましょう。んあ……」

大きく口を開けるカティアさん。その誘いに乗って、俺は舌を突きだした。

「んふっ。ナオーク様は苛められたいのですね♥」

その動作で全てを悟ったのか、カティアさんはかぷりと俺の舌を甘噛みする。

唇で締め付けられる感覚が、なんとも言えず心地良い。

もっと強く——と願うも、人を傷つけた経験がないのだろう、カティアさんはそれ以上舌を噛んでくれなかった。

少しだけ欲求不満が溜まるが、それもまたプレイの一つだと考えることにした。

「んむちゅあっ！　ちゅるっ……んぢゅ……」

いやらしい音を鳴らされて、いやが上にも気持ちが高まっていく。

俺は我慢が出来ず、一度大きく腰を揺らす。

「んんんっ!!　おまんこ突かれるの、子宮に響いて気持ちいいです!!」

その動きに触発されたのか、カティアさんは俺の動き以上に激しく腰を振る。

(だ……ダメだ、腰が勝手に……)

動いてしまう。

カティアさんの腰の動きに合わせるわけではないが、気が付けば俺は、彼女のおまんこをペニス全体で味わおうと、必死に腰を打ち付けていた。

アリーナ様やエルゼのときは攻められるばかりで自分から腰を動かすことはあまりなかったが、これはこれで……なんとも気持ちが良い。

「あぁん♥　ナオーク様、もっと腰を振ってください。ナオーク様のおちんぽを、もっとわたくしに感じさせて！」

カティアさんのふわふわマンコは、その激しい動きとは裏腹にいじらしいとも思えるほど優しく、ソフトにペニスを刺激してくる。

「ふぉ……おおぉおお……」

「あっ♥　んあっ……ナオーク様♥　ナオーク様♥」

完全にとろけきった顔で俺の名前を連呼するカティアさん。

「ナオーク様♥！　ナオーク様の唾が欲しいです！　わたくしに、ナオーク様の体液ください！」

「は、はい！　じゅる！」

肉棒で激しくマンコをかき回しながら、俺は舌を突きだしてカティアさんの口内に再侵入する。

「んあっ……ナオーク様の舌……逞しくてしゅきれす」

「おぐ……んぶ……」

咥えられた舌に歯が立てられる。まさか舌を噛む気では……と一瞬冷や汗をかくが、優しいカティアさんだ。たとえ瘴気に当てられていたとしても、そんなことはしないだろう。

俺の予想は当たり、カティアさんはその歯で優しく、俺の舌に溜まった舌苔をこそげ落としていく。

「んむっ……あっ♥　んむぅおむ……♥　ナオーク様のお口ンカス……美味しい……もっと、もっとください……あむっ♥　ぢゅるぢゅっる……」

舌苔を綺麗にこそぎ落としてなお、カティアさんは舌にむしゃぶりつく。口の中が空っぽになってしまうのではないか、と思えるほどの吸い付き方だ。

(なら……！)

負けじと俺はリズミカルに腰を叩きつける。

「んほぉ……♥！」

衝撃が凄かったのか、カティアさんは目に涙を浮かべた。

(じ、自制しないと……でも、だめだ！　どうしても止まらない！)

カティアさんのおまんこを貪るために、俺はピストンを続けた。その結果、カティアさんが壊れてしまうかもしれないことが、頭の隅で分かっていながら……。

(しょうがないんだ……カティアさんのおまんこがふわふわ過ぎるせいで……！)

強い刺激に慣れた俺のペニスでは、こうするしか射精することができないのが分かってしまったのだ。

「んんぅ……!!　おごっ……!!　あぁ♥　ごむっ！」

「んごっ!?」

不意に、目の前が白く点滅した。

もの凄い激痛が脳天に達して、得も言われぬ衝撃が俺の身体を駆け巡る。

頭から下腹部に、稲妻のように逆った快感に、俺は我慢しきれずにカティアさんの子宮へ向けて、精子を吹き出していた。

「あっ♥　ナオークしゃま……わたくしのおまんこに、しゃせーして……りゅ♥」

結合部分の隙間から、子宮と膣に入りきらなくなった精液が泡を立てながら溢れ出す。

俺の精子を受け止めたカティアさんは、ほとんど白目を剥きそうなほど瞳を上向きにさせていた。

「お……おほっ……♥　おっほっ……♥　せーし♥　ナオークしゃまの……子種……きもちぃぃ♥」

カティアさんは足をピンと張りながら、絶頂に達していた。

「おふっ♥　子種アクメ……しゅごい……れすぅ……」

身体を緊張させすぎているせいだろう、ビリビリと細かく足先を震えさせている。

その姿の、あまりにもエロいこと……。

「か……カティアさん！　ごめんなさいッ！」

「へあっ……あぐふううううっ!!　あっ！　いや♥　連続オマンコらめれすぅ……♥」

エッチなカティアさんの反応がもっと見たくて、俺は自分の意思で初めて、腰を動かし始めた。

第八話
狂気の中の優しさ

気持ちよさに身を任せながら、まずは単調な動きで慣らしていく。

「あぁ……ナオーク様、わたくしっ、まだイってててへぁあああっ……!!」

イッた直後ということもあるだろう。カティアさんはとても良い反応を示してくれた。

「んっ……!!　あぁぁ……!!　らめ……!!　連続アクメッ！　してしまいますぅ!!」

ペニスの突き上げによって、息を吐き出すカティアさん。

それでも俺は、軽快なリズムを刻みながらピストンを続けてしまう。

「……はっ！　はっ……！　ひゅっ……！」

あまりにも連続に吐き出す動作を続けたせいで、過呼吸になってしまっている。

「かひゅ……！　あっ……!!」

空気を求めて、カティアさんは口をぱくぱくと開閉する。

(こ、このままじゃ……そうだ！)

咄嗟の思いつきだった。俺はカティアさんの口を、俺の口で覆った。

俺の狭い口内に、カティアさんは息を吐き続ける。

「ふむぅ……!!　ふっ、ふっふっ……んふぅ……」

不規則に吐き出されていた息が、次第に整っていく。

「も……しわけありません、ナオークしゃまぁ？　おちちゅきましたのでぇ……思うぅうう!!　ぞん、ぶんぅうんっ!!　おまんこ突きあげてください……!!」

その言葉に後押しされるように、カティアさんのおまんこをむさぼり食う。

ふわふわのおまんこは、どれだけ乱暴に腰を振っても柔軟に俺のペニスの形に対応し、吸い付いてくる。

締め付けはイマイチだが、ペニス全体を優しく受け入れてくれるようだった。

「あふっ……!!　あんん!!　おぅ？」

一突きするたびに、カティアさんの大きなおっぱいが楕円に揺れる。激しい動きで服がはだけ、いつのまにかカティアさんのおっぱいは大胆に露出していた。

その、あまりにもダイナミックな動きに目を奪われた。

よく見ると、カティアさんのおっぱいはとても魅力的だ。

思わず手が伸びて、揺れる片乳を掴む。カティアさんらしい、ふんわりとした柔らかさが手の平に伝わってくる。大きめの乳輪はうっすらとしたピンク色をしていて、なんと乳首が乳輪の中に埋まっていた。

「んん？　ナオーク様ぁ……!!　わたくしのおっぱいが、気になるのですかぁ？」

俺は返事の代わりに、太い指で恥ずかしがり屋な乳首をほじくった。

「あぁああ……!!　わたくし乳首ほじくられていますぅ!!」

柔らかいおっぱいの中心に埋まった指を小刻みに動かすと、カティアさんは劇的に反応する。一度指を離すと、勢いよく乳首が跳ね起きた。

さらけ出された乳首は、高さこそないものの、少し太めでとても吸い付きやすそうだった。

「はぁ……んっ……ナオーク様、わたくしの乳首で、んんぅ!! よければ……どうぞ、召し上がってください」

「はぁはぁ……」

促されるままに、俺はそのぷるぷる震える乳首を口に含んだ。

「ぶちゅうぅ!!」

「んふぅうう! そ……ん!! んあああ!!」

乳首を咥えられただけで、おまんこがきゅっと引き締まる。

「あんっ……? ナオーク様……?」

乳首にむしゃぶりついている俺の頭に、カティアさんは手を乗っけた。

と、我が子を慈しむ母親のように、カティアさんは俺の頭を撫でつける。

「よしよし……良い子ですね……」

なんだかとても心地よくて、感じたことのない安心感に包み込まれた。

(……あれ、なにか変だ)

甘える子供を甘やかすように、よしよしされた。

さっきまでは激しく快楽を求めていたはずなのに、その激しさが影を薄めている。

(そうか、瘴気が薄くなってきたんだ)

これならもう、激しい性行為は求めてこないだろう。

俺はその安心感に身を任せながら、カティアさんの乳首をちゅうちゅうと吸う。

「うふふ……ナオークさん、赤ちゃんみたいで可愛いです……んあぁ!!」

「はむっ……んちゅ……」

ふわりとしたお肉の先端に、しっかりとした感触が伝わってくる。その感触を味わうように、俺は何度も何度もその食感を楽しむ。舌の上で転がしてみたり、様々な楽しみ方が出来る乳首だった。

特に、厚みのある乳首をしっかりと挟み、ついばむように吸い付くと、カティアさんは顕著に喘ぎ声を上げた。

「あぁ……うぅんっ？　乳首を吸って……、ナオーク様のおちんちんがどんどん硬くなってます……？」

「ごめんなさい、ごめんなさいカティアさん！　乳首が美味しくて、腰が止まらなくて……！」

自分でも驚くぐらい、カティアさんに甘えていた。アリーナ様やエルゼには絶対にやらないような、というか出来ないような乱暴な腰使いでカティアさんを気持ち良くさせていく。

「んんっ、うぅん…？　きに……しないでください……。もっと乱暴にしてもうぅう？　構いませんので……いふぅ!!」

それもこれも、このカティアさんの優しさのおかげだった。

「上手ですナオーク様……あっ……んふぅ!!」

どれだけ激しく腰をピストンさせても、カティアさんは俺を受け入れ、褒めてくれる。

だから、もっと褒めてもらいたい一心で俺はピストンの速度を速め、おっぱいを吸う。

余っているもう片方のおっぱいも乱暴に掴み、揉みしだく。

「カティアさん……カティアさん……!!」

「あんっ……！　うふふ、よしよし……ナオーク様は男の子ですね……あぅうう!!」

無言の要求を汲み取って、カティアさんは僕の頭を撫でてくれる。

「今日はいっぱい、わたくしに甘えてください。うふぁ……？　わたくしはどんなナオーク様でも、受け入れますから……ああっう!!」

甘い言葉が優しく耳に届く。

「そ……そんなこと言われたら、俺……我慢出来ません！」

「大丈夫ですよ、わたくしの膣内に、射精してください……。ナオーク様の甘えん坊ちんちんの精子を、わたくしの子宮に注いでください」

カティアさんは両手で抱えるように俺の頭を抱き込んだ。谷間に顔が埋まり、両頬に幸せな柔らかさを感じる。

その感触を堪能しながら、俺はラストスパートを掛けた。

より速く、より深い突きを心がけながらカティアさんの奥にペニスを突き入れる。

カティアさんもペニスが抜けないように、俺の足に自らの足を絡ませた。

すっかり俺のペニスの形を覚え込んでいたカティアさんのおまんこが、さらにぴっちりと吸い付いた。

おまんことペニスが蕩け合った。もうどこからがカティアさんのおまんこで、どこからが俺のペニスなのか分からない。それでも子宮を、肉壁をかまわず責め立てる。

「んんっ!!　あぁあ？　わたくしもぉ!!　もう限界です！　イク……！　おまんこはじけてしまいます——うぅうう!!　あうぅうう？」

「俺も……俺も射精――します!!」

カティアさんは駆け上る快楽に耐えきれず、激しい痙攣と共にぷしゅっと潮を吹いた。

そして、伸縮するやわ肉に促され、今まで感じたことのないほどの柔らかさを感じながら、カティアさんの奥底を満たしていった。

「はぁ……はぁ……はぁ……」

全てを終えて、カティアさんの中からずるりとペニスを取り出す。ごぽりと、ゼリー状の精液が、ぱっくりと開いたカティアさんのワレメからこぼれる。

俺はそのまま、ごろりと床に寝転がった。

いつもと違うセックスに気疲れを感じはしたが、カティアさんとの交わりは、なんだか俺の心を満たしてくれた。

「はぅ……ふぅ……あふっ？　頑張りましたねナオーク様？」

起き上がったカティアさんが、寝転がった俺に跨がった。びしょびしょに濡れ、ひくつくワレメを腹筋にこすりつけ、絶頂の余韻を貪っているようだった。膝立ちだったカティアさんは、徐々に俺の身体に、自身の身体を重ねていく。

そして――。

「……ちゅっ」

カティアさんは俺の額にキスをするとまた、俺の頭を優しく撫でてくれたのだった。

第九話 不穏な気配

「も、申し訳ありませんでした……。聖職者であるわたくしがあんな淫らな行為を……しかも、無理矢理にだなんて……」

瘴気が抜けたことで元に戻ったカティアさんはすまなそうに頭を下げる。

「そんな、俺のほうこそ……」

カティアさんの前で晒した痴態を思い出して、顔が熱くなるのを感じた。

「魔物の瘴気に当てられてしまったなら、仕方ないですよ」

あそこまで乱れる人は珍しいが、大なり小なり人は瘴気の影響を受けてしまうはずだ。

「では……その、お互いに今のことは忘れてしまいましょう……」

「わ、分かりました。そういうことにしましょう」

気恥ずかしさを感じてか、カティアさんは頬を赤らめさせた。

だが、それでも何か心残りがあるようで、ちらちらと俺をのぞき見ている。

話を振るべきか、それとも気が付かなかったフリをして動くべきか。

(……よし)

俺は気が付かなかったフリをして、その場から立ち去ろうとした。

「あ……ちょっと待ってください。あの、わたくし……」

急いだことが逆に彼女の心を逸(はや)らせたみたいだった。

顔を真っ赤にしたカティアさんは、潤んだ瞳で俺を見つめてきた。その表情がまた、たまらない。

「その、ナオーク様との性行為が……とてもよくて。その……もし良ければ、今度は合意の上で、シていただくことは出来ますでしょうか」

恥ずかしそうなカティアさんは、とても可愛く見えた。

「そ……それは、その……」

言葉を濁すのは、アリーナ様とエルゼが頭によぎったからだ。

だけどその迷いも一瞬で吹き飛んだ。カティアさんと俺がセックスをしたことを知っても、彼女たちなら平然とそれを受け入れて、ともすればプレイに巻き込もうとまでするだろうことが、容易に想像できたのだ。

「はい……分かりました」

包容力のあるカティアさんとまたセックスすることが出来るのは、とても魅力的に思えた。

何よりも、カティアさんの胸に顔を埋めながら頭を撫でられたいと思っていたところだった。むしろ、彼女が聖職者であることを考えると、俺のほうから頼まなければいけないくらいだろう。

「そろそろ……戻りましょうか。アリーナ様の誘導も終わってるでしょうし」

「そ、そうですね。行きましょうか」

カティアさんは自らの腕を俺の腕に絡めて教会を後にした。

※　※　※

カティアさんと一緒に陣地に戻ると、なにやら周りが忙しなく動き回っていた。

「エルゼさん、この騒ぎはいったい……。なにかあったんですか？」

俺は真剣な表情で指揮するエルゼを見つけると、状況を聞き出した。

「ナオーク！　エルゼ殿！　ふたりとも無事で良かった！」

俺たちを視界に捉えたエルゼは、安堵のため息をついた。

「あぁ、実は町に突然魔物が現れてな。その対処に追われていたんだ」

「魔物が!?　それって……」

「あぁ、罠だろうな。一度退却して、私たちを誘い込んだのだろう」

「それで、今の状況は……」

そこが一番気になるところだった。まさかそんなことになっているとは知らず、カティアさんとセックスを楽しんでいたなんて……。ぎちりと歯を食いしばる。

「ふっ、私を誰だと思っているんだ？　すぐに沈静化させたよ。だが、アリーナがまだ帰ってきていなくてな……。流石にないとは思うんだが、森の中に避難していた町民を庇って、変に苦戦しているんじゃないかと――」

心配そうに表情を曇らせるが、

「勝手なこと言わないでよね。あたしがそんなヘマする分けないでしょ」

いつものように勝ち気な台詞とともに、アリーナ様が現れた。

「アリーナ様！　無事で良かった……」

「奇襲程度じゃあたしは倒せないわよ」

そう言うアリーナ様だったが、鎧にはかなりの傷がついていた。町民を庇いながら戦うのは、流石のアリーナ様でも難しかったらしい。

「町の人たちも全員無事。ここに来る途中で残ってた雑魚も蹴散らしといたから、町にはもう、なにもいないはずよ」

「ふっ、流石の手際だな」

「当たり前でしょ？　ま、これでしばらくは襲ってこないでしょ。次に魔物が襲ってくる前に、ちゃちゃっと復興させちゃいましょう」

「そうだな。……ふむそれではまずは作戦会議だな」

エルゼは部下に、さしあたっての復興指示をすると、アリーナ様と俺を連れ出した。

「さて、とりあえずゆっくり話し合える場所に行こうか。町の代表としてカティア殿も一緒に来てはくれないか？」

「は、はい……。わたくしでよろしければ」

陣地から抜け、三人を引き連れたエルゼは誰も居ない廃墟を選び、その中に入る。

ボロボロの椅子を四脚見つくろい、適当に並べ、そのうちの一つにどっかりと腰を下ろした。

「さてと皆、わざわざこんな所まですまないな。まあ座ってくれ」

いつも以上に厳かに話を切り出したエルゼの空気に飲まれ、アリーナ様とカティアさん、そして俺は用意された椅子へと座る。

「わざわざあの場を離れたのには、意味があったの？」

「うむ……」

エルゼはアリーナ様の問いに首肯するが、その表情はあまり芳しくない。言葉に出来ないが、なにか引っ掛かり覚えているような、そんな雰囲気だ。

「エルゼ……もしかして魔族が何か企んでいると思っているの？」

アリーナ様は、スパイがいるのではないか、と言外に問うていた。エルゼもそのことに気が付き、小さく頷いた。

「あぁ、いままで襲われた町とは、明らかに進攻の仕方が違う。カティア殿に来てもらったのは、魔族がこの町を襲う前に、何か普段とは違う、予兆のようなものがなかったか、聞きたかったのだ」

「そうですね……でも申し訳ありません、心当たりは……」

「そうか……」

顎に手を当てながら、エルゼは考え込む。ただ、魔族が何を考えているのかまでは、まったく分からないようだ。

「ナオーク、何か分からないか？」

「うーん……」

確かに魔族のやり方については、この場にいるだれよりも俺が詳しいだろう。ただ……その推理については流石に分からなかった。

魔族の作戦内容は、その作戦を指揮する隊長にまず知らされる。そこから下の隊員に計画を知らせるかどうかは、隊長に委ねられているのだ。その上、作戦に関わる者以外には口外してはならないという制約がある。

今回の行動にどんな意味があるのか、俺にも分からなかった。

「すみません……」

「そうか」

俺でも分からないだろうと予想していたのか、エルゼの反応は割と淡泊だった。

「陽動……ではないでしょうか」

「……陽動？」

カティアさんの予想に、アリーナ様が首を傾げた。

「はい、他の町を落とすために、わたくしたちの町を襲ったのではないでしょうか」

カティアさんが自分の考えを話すと、アリーナ様は胸の前で手の平をぽんと合わせて、目を輝かせた。

「なるほど、カティアはとても賢いわね！」

確かに、それが一番考えられる作戦だと思う。だけど、本当に？

この疑問が当たり前のものでないのは、自分でも分かっている。

確かな証拠や理由があるわけではない。

ただ、予感がした、それだけだ。

「問題は、魔族がどこを狙うか。ということだろう」

「そうね。そうなると、一番狙われる可能性が高いのは……」

「エルフの里、だろうな」

アリーナ様とエルゼは頷き合う。

「今のところ、里に異変はないようだが、今はもう戻ったほうが良さそうだな。こちらの復興も、少しの人材を残していけば目処は立つだろう」

「決まりね。念のため、ここには何人か手練れの兵士を置いていきましょう」

「では、一度エルフの里に戻ろう。あぁ、そうだカティア殿、カティア殿も来るのだろう？」

「え……！　あ、あのわたくしは……その……」

唐突に話を振られたカティアさんは、顔を真っ赤にして慌てた。

「あはは、やっぱりカティアもそうなんだ！　そうよね、ナオークのおちんちんって凄く大きいから……」

いきなりとんでもないことを言いだしたアリーナ様の言葉を聞いて、俺は吹き出した。

「ちょ、ちょっとアリーナ様！　カティアさんが困ってるじゃないですか！　エルゼもアリーナ様のこういうところ諫めてくださいよ！」

「ん？　あぁ、そうだな、確かにナオークのチンポは逞しい。想像するだけで子宮が疼く」

「……」

俺はエルゼの言葉に頭を抱えることしか出来なかった。

まあ、予想どおりの反応で、良かったのではあるけれど……。

第十話　今後の対策と息抜きと

魔物に襲われた村を後にした俺たちは、急ぎエルフの里へと引き返した。

帰路の途中でも、里に帰ってからの計画について話を続けていた。

「まずは、もっと軍備の強化が必要だ」

それは、アリーナ様も考えていたようで、頷きで返す。

「そうね、エルフの里の守りは堅いけど、どんな手を使われるか分からないもんね」

「でも軍備を揃えるって言っても、かなりのお金と時間がかかりませんか？」

俺はそう言いながらも、お金の心配はあまりしなくてもいいと思っている。

アリーナ様もエルゼも前線で戦ってこそいるが、国を治める姫という立場だ。いかに膨大な費用がかかるとしても、そんなに苦労するようには思えなかった。

「ああ……。金のほうは、まあどうとでもなる。時間も、人海戦術を使えばなんとかなるのだがな……」

「何を配備するかが問題なのよ」

「何を配備するか、ですか？」

「魔王軍がどんな作戦を考えているか分からない以上、どれだけの数、人を揃えるか。どこの守りを固め、どんな装備を揃えるか……かなり難しい」

「里全体に目を光らせるなんて、できないしね」

エルゼは頭を手で押さえて、軽いため息をついた。

「まったく、やることが山積みで頭が痛くなりそうだ……」

行き詰まったエルゼを心配してか、カティアさんが声を掛けた。

「エルゼ様、良いアイディアが思い浮かばないのでしたら、気分転換などはいかがでしょうか」

「気分転換……か。とは言ってもな、あまり趣味らしい趣味もないからな」

「何言ってるのよ。ナオークがいるじゃない」

「アリーナ様、さも当然みたいに言わないでください……」

嫌な予感をおぼえながら、ちらりとエルゼの顔色を窺うと——。

「……！」

なぜそんなことに気が付かなかったのか、というふうに目を見開いたエルゼがいた。

「確かにそれもそうだ。ちょっと切羽詰まっていたようだな……。よしナオーク、今日は帰ったら予定を空けておいてくれ」

今度は俺が頭を抱える番だった。アリーナ様の悪のりに、エルゼはだいたい乗っかっていくのだ。

「問題が解決したようで、よかったです」

カティアさんもカティアさんで、根が優しい……というか天然が入っているみたいで、不意に発せられるエロネタを受け入れてしまっている。

だけど、俺にはこの状況を阻止することが出来ない。状況の流れるままに、俺は……俺たちはエルフの里への帰路を進んでいった。

※　※　※

「ふぅ……」

俺のため息は、大浴場に響き渡った。

里へと帰り着くと、エルゼはすぐに俺を自室に連れ込もうとしたのだが、この半日でかなりの仕事が溜まってしまっていたようだった。

『後で絶対に部屋に行くからな！　待っていろよ！』

と言い残し、エルゼは公務をこなすために連れて行かれてしまった。

「アリーナ様も忙しそうに外回りで、カティアさんはエルフの里の物珍しさにお散歩に行っちゃったし、今日はもうやることないかな……いや」

エルゼが俺の所に来るまでの自由……だけど。遠征の疲れを癒すため、俺は部屋に備え付けられた風呂ではなく、城の中でも一番大きな風呂場で足を伸ばしていた。

「ま、それも俺がこの男湯にいる限りは、叶わない——」

「ここにいたのか！　探したぞ！」

「はっ!?」

すばんっ！　と勢いよく扉が開かれ、素っ裸のエルゼが浴室へと足を踏み入れた。

「ちょちょちょ！　ここ、男湯ですよ！」

「心配するな。侍女に、今晩はここを立ち入り禁止にするように命令してきた」

凄いだろう、とエルゼは胸を張った。ぶるんとおっぱいが揺れる。

「うっ……」

思わず、俺は生唾を飲み込んだ。

「こ、こんなに早く仕事を抜け出して、大丈夫なんですか？」

「もちろんだ。全て終わらせてきた。ちょっと遅くなってしまったがな」

あれからまだ数時間も経っていないというのに、とんだ仕事の早さだった。

エルゼは静かにお湯の中に入り、俺のそばまでやってくると、並んでお湯に浸かる。

（お、おっぱいが……）

肩まで浸かったエルゼのおっぱいが、ぷかぷかとお湯に浮いている。

真っ白な二つのおまんじゅうは、重力から解放されて束の間の自由を楽しんでいる。

「ふぅ……良い湯だ。そういえばナオーク、エルフの地に湧く温泉には様々な効能があるのは知っているか？　……ふふ、そんなに私の胸が気になるか？」

俺がエルゼのおっぱいに見惚れているのに気が付いたのだろう、エルゼは楽しそう笑うと、そのおっぱいを俺に押しつける。おっぱいは俺の腕に当たると、ぷるんと弾けた。

「そんな盗み見るようにしなくてもいい。私の裸なんて見慣れているだろう」

「……そうは言っても、なんだか気恥ずかしくて」

「男がそんなことでどうする。ほら、私の胸を触ってみろ」

エルゼは俺の手を取ると、無理矢理おっぱいに押しつけた。

「う……うわっ……」

弾力のあるおっぱいが手に当たる。

「どうした、手を当てているだけではなんにもならんぞ。指を動かさんか」

言われたとおりに、俺はエルゼのおっぱいに指をめり込ませる。指を跳ね返すほどの弾力があった。

（やば……！）

興奮で頭に血が上っていくのが分かった。それと一緒に、股間のイチモツまで熱くなり、このまではすぐにのぼせてしまう！

「ん？　どうしたいきなり立ち上がって。立ち眩みになったら危ないだろ」

「ちょっと、涼もうかと……」

洗い場に逃げて、身体の火照りを冷まそうと立ち上がると、同時にエルゼも追ってきた。

「ならば、私が手伝おう」

「ちょ、ちょっと！」

ざばざばと水を切りながら、俺の手を引いて洗い場まで連れてこられた。

「よし、ここに座れ」

目の前には、真ん中が縦長にへこんだ、どこかで見覚えのある風呂椅子が置いてあった。

その椅子に強引に座らされてしまう。

「今日は大変だっただろう？　私が労ってやろう」

エルゼは水場近くに置かれたシャンプーを手に垂らし、これでもかと泡を立てる。

その泡をまず、自分の身体に塗りたくると、俺の背中におっぱいが押しつけられた。

「どうだ？　気持ちいいか？」

エルゼは慣れた手つきで俺の上半身を泡で清めていく。背中はおっぱいで、胸は艶めかしい指によって重点的に手で撫でまわされる。その過程で弱点である乳首を上手に攻めてくる。

「ふっ……くぅ……」

「この間よりも乳首で感じるようになっているな？　一番最初に触ったときより大きくもなっているしなぁ……」

開発されてからというもの、セックスするたびに弄られ続けた。その結果、俺の乳首は肥大して、大豆くらいの大きさへと成長していた。

「もう乳首だけでもイケるようになったか？　ふふ、さすがにそれはまだか。だが案ずるな、私がすぐに乳首だけでイケるようにしてやるからな」

上半身を堪能したのか、エルゼは手を滑らせながら下半身へと手を伸ばす。エルゼの手はペニスを素通りして、股関節へと滑っていく。

「あひぃ……！　そ、そこ……くすぐったいです……！」

「普段触られることがない場所だからな。普通にちんぽを触られるより、感じるだろ？」

腹の底から、ざわざわと得体の知れない感覚が這い上がってくる。

「うっ……ふぅ!!」

直接的な刺激がないせいで、焦らされているようだった。気持ち良くなりたくて、俺は自分のペニスに手を伸ばす。

「おっと、何をしているんだ？　自分でシゴいていいなんて言っていないだろう？　その手を元に戻せ、ナオーク」

「は……ぁ……お、お願いします、ペニス擦らせてください……」

「ダメだ。せっかく洗っているのに、ザーメンで汚れたら意味がない。そうだろ？」

「そ……そうですけどぉ……」

「ちゃんと全身を洗ったら気持ち良くしてやろう」

カリを引っ掻き、ご褒美がいかに気持ちいいかを知らされる。それを知ると、もう我慢するしか選択肢がなくなってしまう。

股関節を丁寧に擦られ、太股へと手が伸びていく。もにゅりと筋肉が掴まれ、何度も揉まれた。

「ふむ……。良い筋肉だ」

「そ、それはどうも……」

背中側から俺の足に手が伸ばされているせいで、おっぱいが押しつけられる。背中に柔らかい肉と、尖った先端の感触が伝わってきて、そのせいで、俺のペニスは更に硬くなる。

「よし、終わったぞ。あとは……ここだけだな」

「は……ぁう……はぁ……はぁ……」

全身を愛撫され、俺のペニスはもう、限界寸前だった。

「我慢汁で泡が流れてしまっているぞ？　そんなに私の手が気持ち良かったか？　んちゅる」

背中を舐められた刺激で、更にカウパーが溢れ出してくる。

「さあ、ここからが本番だ」

艶めかしく舌舐めずりの音が聞こえた。

第十一話 開発されるオーク

　エルゼの手が俺の尻の谷間に滑り込み、尻穴が愛撫される。俺の尻穴はエルゼのしなやかな細い指をすんなりと受け入れてしまう。突き刺された指が根元まで埋まり、俺の腸壁をかき回す。

「おっ……おっおっ……!!」

　声を抑えようとするが、どうしても出てしまう。

「アナルをほじくられるのが本当に好きだな、ナオークは。反応も顕著だな、ん？」

　俺の中に侵入したエルゼの指が、縦横無尽に動き回る。尻穴をめちゃくちゃにかき回されると、嫌でも身体が反応してしまう。

「尻にだけ集中していていいのか？　さっきまではこっちを弄って欲しそうにしていたというのに」

「ほぅうう!!」

　空いている手でペニスが掴まれる。尻だけで余裕のなくなっていた俺は、気が付けば変な声を出していた。ペニスの形を堪能するよう、丁寧に指を這わせられる。全体をまんべんなく触ると、今度は力を入れて、肉棒を掴んできた。

「まずは一発、貫おうか」

「あっ……かはっ……」

　前立腺を執拗に刺激しながら、エルゼはペニスをシゴいていく。

「あぁあ！　ふぅうぅうう！」

その苦痛ともいえる快楽に、俺は一瞬で子種を吐き出していた。

何度もペニスを脈動させながら、とてつもない量の精子が垂れ流される。

「おもらしみたいに射精しているな。子供を作るためのザーメンを無駄死にさせて、悪いと思わないのか？」

「だ……だって……すごく……気持ち良くて……」

「本当にだらしない奴だ。そんな根性無しだとは思わなかったぞ」

背中から聞こえてくる声には、心底からの侮蔑が含まれていた。

「どうした？　私の言葉に興奮したのか？　ちんぽがひくついてるな。これだけだしたのに、まだ射精したりないのか？　はむっ」

「んはぁ！」

優しくみみたぶを甘噛みされ、囁かれる。

「正直だな。……横になれ、ナオーク」

ふらふらになっていた俺椅子から転げ落ち、言われるがままに仰向けになった。

「はは、こんなにちんぽを直立させて、恥ずかしくないのか？」

「は……恥ずかしい、です！　でも、それよりもっと気持ち良くなりたくて!!」

「気持ちいいことというのは、こういうことか？」

エルゼは右腕を振り上げると、まったく躊躇することなく振り抜いた。

心地良いくらいの快音が鳴り、俺のペニスが左方向へと吹き飛んだ。

「おひぃいい!! ち、ちがっ……！」

「違う？ 私はこうすればお前が喜ぶと、経験として知っていたのだが、それでも違うと？」

「あ……ぐふぅ……」

その言葉に、俺は一切反論できなかった。本当のことだから、というのもあるが一番の理由はペニスを叩かれたことで、頭の中が気持ちの良いことしか考えられなくなってしまっていたから。

背中を反らして、行き場のない気持ち良さを逃がそうとする。ペニスの先端から放出するようなイメージで突き出すが、気持ち良さがペニスに溜まる一方だった。

「そんなにマンコ突き刺したいのか？」

「はっ……おまっ……んぅ!! ふっふっううぅ……」

「いいぞ？ おまんこさせてやる。私もそろそろ、我慢の限界だからな……」

エルゼは仰向けの俺を見下すように、仁王立ちして跨がった。

「あ……ありっありが……」

真上から突き刺さる冷徹な視線に、耐えられそうにない。ぶちゅると、カウパーが先端から飛び出した。

「ふっ……」

エロい姿を意識しているのだろう、エルゼはわざとがに股でワレメをペニスへと近づけていく。

我慢出来ないと言っていたとおり、エルゼのマンコは既に出来上がっているようだった。ぽたぽたと愛液がしたたり落ち、ペニスを徐々に滑らせていった。

ゆっくりと、ゆっくりと腰が落とされ、ぴたりとワレメが鈴口に吸い付いた。

「んっ……一気にイクか、焦らされるか。お前が選んで良いぞ」

「一気に……一気にお願いします……」

「そうか」

ワレメが広がり、エルゼのおまんこがカリを埋め尽くした。だけど、そこまでだった。エルゼは荒い息を吐き出すだけで、それ以上腰を沈めようとしない。

「……んっ、悪いな……。お前のチンポが大きくてな、ちょっと一休みさせてもらおうと思って」

「そん……な……」

いや、なんとなく分かっていた。だからこそ俺は、その選択肢を選んだのかも知れない。

「はぁ、はぁ……」

ただ、エルゼは浅く呼吸を繰り返し、息を整えている。どうやら一休みしたいというのもあながち嘘ではないのかもしれない。

「ふっ……ふぅ……よし、待たせたな」

呼吸を整え終え、エルゼの腰が沈み込む。

膝立ちの体勢となったエルゼの膣内に、みっちりと俺のペニスが格納された。

「ふう……。それじゃあいくぞ」

一拍の間を置いて、高速グラインドが始まった。

「んふぅ……ンッ……ふッ!!」

勃起したペニスを押し倒すようにぐるんぐるんと回される。その姿の艶めかしいことといったらない。重量を感じさせるようなバウンドで、おっぱいがダイナミックに揺れ動く。

「この間は……んあっ……！」

意識が削られそうなほどの気持ち良さを耐えているときだった。エルゼは突然、言葉を発した。

「うあっ……はっ、っは……この間は、アリーナにこの体位を取られてしまったからな」

「ぐぅう……うああ……！」

なるほど、と俺は心の中で手を打った。この間やったアリーナ様を含めた３Ｐで、エルゼは俺の肉棒を入れることが出来なかった。それを心の奥で気にしていたのかもしれない。

「少し間が空いたが……ひぅ……やっと突っかかりが取れたんふぅ……!!」

「おふぅ……あぐ……んんんっ!!」

エルゼはグラインドを続け、さらに上下運動が加わった。もともと引き締まっているエルゼの膣壁が、さらにペニスを締め付けてくる。

「あぁッ……うぐぅ……あああぁ!!」

俺とエルゼが混じり合う水音が浴室に木霊していく。それ以外の音は、ときおり天井から落ちる、水滴のものだけ。

「はぁ……はあぁあんっ!!　ふぐっ、ナオーク……ちんぽ……大きくなってき……んはぁ！」

「エ……エルゼさん、もう射精しそう……ぐうう……です……！」

「ん……おおおっ……ま、まだ……待てぇ……」

射精直前となり、一回り以上大きく膨れあがったペニスを半ばまで引き抜くと、エルゼは肉茎を掴んで万力のような力で尿道を締めた。

「おぐううううう!!　あ……ぎぃ……おぉぉ……」

睾丸から送り出されようとしていた精子の逃げ道がなくなった。それと同時に、根元から海綿体が締めつけられ、異様なほどペニスが膨張する。

その結果、鍛え上げられたエルゼの膣でも許容できないほどになってしまったようだ。

「ごあっ……おっ……ず、うぅ……」

背中を反らしながらエルゼはなんとか意識を保ち、気絶を免れて腰を振る。

「まだ……射精するな……もう少し……もう少しだけ……私がイクまで……待て」

「あぐ……あ……おぉ……」

だけど俺は、そうはいかなかった。かろうじて意識は保っているものの、半ば白目を剥き、視界は真っ白に染まっていた。分かるのはエルゼの膣の感覚。それも、まだピストンもグラインドもされず、ただただペニスを締め付ける感覚だけ。

数瞬の間の後、筋肉質な膣が反射運動を伴いながら上下に動き出す。

「んあっ！　んんんっ……あっふっ、んあああ!!」

動物のような叫び声が聞こえたかと思った矢先に、根元を押さえていた手が放され、ペニスの先端が子宮口を捉えた。それが俺と、エルゼの限界だった。

「んほおおおぉおおおおううううんあああああ!!」

脳から分泌される快楽物質を受け取ったペニスが、精子をエルゼの子宮にビタビタと叩きつけた。

活きが良い精子が子宮内に入っていくのがペニス越しに伝わってくる。

「んあぁ……し、子宮……アクメし、んっ……してる……はぁ……んなぁ……はぁ……」

エルゼは身体を何度もびくつかせながら、それでもまだ俺のペニスを咥えたままだった。

第十二話 エルフの姫の底力

「はぁ……はぁ……んっ」

「お……おぉっ、おぉお」

エルゼは乱れた息を整えようと必死に息を吸う。その動作に合わせて、胸が上下していた。

「うっ……あ……おっ」

疲れがピークに達したのか、エルゼは身体のバランスを崩し、俺の胸に手をついた。

額からはものすごい量の汗が流れ出て、俺の肌を濡らしていく。

「エ、エルゼ！」

「あっあぁ……準備運動が……終わっただけだ……。気にするな……」

とても気にせずにセックス出来るような汗の量じゃない。一刻も早く水分補給をしなければ、命を落としかねないほどだ。ただでさえ白い顔が、真っ青になっている。

「そ、そうは言っても……。風呂場でその汗の量は本当にまずいですよ」

「心配してくれるのは嬉しいが、本当に大丈夫だ。日々の鍛錬で流す汗のほうが多いくらいだからな」

「……でも、ふらついていたじゃないですか」

「あぁ、少しペースを乱してしまってな。だが……」

胸に当てられた手の力が、徐々に戻っていく。

「もう問題ない」

確かに、さっきまで青白かったはずの顔色はすでに元に戻っている。

「続けるぞ……。まだ出来るんだろう？」

不適な笑みを浮かべると、エルゼは尻を振った。しかし、その動きはひどくゆっくりだ。

（やっぱり、まだ体調が戻りきってないいんだ……）

「はぁ……んっ……うっ……んぅッ」

さっきまで行っていたセックスが嘘だったんじゃないかと思えるくらいにゆっくりと、弱々しく膣で俺のペニスがシゴかれる。

「はぁ……ふぅ……ふぅッ……もう、だ……ダメ……だ」

浅く深くと呼吸を乱しながら、エルゼはそれでも俺のペニスを味わい尽くそうとしていた。

一度腰を深く沈み込ませると、ぐりぐりとえげつなく腰をこすりつけてくる。そのこすりつけ方と言ったら、まるで好物を貰った犬のようだ。

「ふんんっ!! んなぁあッ!! ナオークのちんぽめ……よくもこんなに私のマンコをトロトロにしてくれたな……はぅう!! ばぅ……罰として、お前のちんぽでぅはぁいいっん！ ……私のマンコをぉおお！ マッサージぃ、しろッお!!」

意識が朦朧としているのか、いつもの落ち着きはなく、変なことを口走っている。

ただ、その表情には鬼気迫るものがあった。理性のたがが外れてしまったような、そんな、狂気の表情。エルフが人に滅多に見せることのない、獣のような形相だ。

「は……い」

首元に爪を突き立てられたような威圧感。逆らった瞬間に痛手を負うと、直感で理解した。

もちろん、元からその命令に逆らうつもりはまるっきりなかった。それでも震えてしまうほど、エルゼの雰囲気は豹変していた。俺はエルゼの命令に従って膣内をほぐしていく。

「そう……だ！　いいぃ。そう……もっと、ちんぽを硬くさせて、もっとトロかせろ！　違う、そうじゃない、もっとちんぽを反らせ、私の気持ちいい場所を、お前は全部知っているだろう!?」

エルゼは俺の胸の上に置いた手に力を込めた。肉を掴むその力は相当なものだったが、本当の問題は別にあった。獲物を捕らえた猫のように、エルゼは前のめりになり、その手に体重を掛けてくる。

(く……食われる!?)

目はらんらんと輝き、今にも俺の動脈に食らいつくような雰囲気を纏っていた。

「こうだ!!」

途端、先ほどまで緩やかだった腰の動きが、俊敏になった。

「んほおおッ!!　エル……エルゼ、む、むり……これ！　ペニス、壊れるゥ!!」

ペニスの耐久力を軽々超えたその動きは、まるで豚かなにかのようだった。

「ひっ、ひっ……!!　まんこ……！　もっとだ……!!　この程度で根をあげるなよナオーク!!」

ただ快楽だけを追い求めたその動きに、射精しそうになっていた俺のペニスに緊張が走った。

まだ……まだ射精することは出来ない。俺は更にペニスに力を込める。

「んんんッ!!　け……血管が浮き出てぇ……!!　今まで感じなかった場所がぁうう!!　ゴリゴリされてるぅう!!」

ペニスが硬くなったことを認識したエルゼは、口から涎を垂らしながら、さらにピストンを激しくしていった。

「ふっ……！　うぅうん!!」

「うぐっうぁ……あぁ」

だけど、俺の我慢はまったくの無意味だった。コンマ数秒前に固めた俺の決意は、エルゼの野生エルフマンコによって、粉々に打ち砕かれた。

強制的に子宮をノックし、激しく揺すられたペニスは、暴発した。自分でもあっけないと思うほど簡単に尿道が開き、真っ白な欲望を子宮へ向けて吐き出してしまった。

「あぁあ……うぅ……あふぅ……」

無力感が胸一杯に去来し、後悔と情けなさが胸を駆け抜ける。

「おっ……おぉおおぐぅう!!　待って！　射精したばかりで、敏感になってるからぁ!!」

そしてすぐに、耐えがたい快感がペニスを襲った。射精したばかりで感覚が鋭くなったペニスが膣で擦りあげられ、思わず懇願する。

「や、止めない……ん!!　まだ、まだ私がイってないんだ!!　止められるわけがないだろう！」

「ひっ……ぎぃいいいい!!」

痺れるような快感が押し寄せ、視界がスパークする。

ペニスが擦られるたびに、パチパチと光が爆ぜ、平衡感覚が失われていく。

キーンという耳鳴りが聞こえてくる。意識できるのはエルゼのマンコと結合したペニスだけ。それもとろけあい、境界が分からなくなっていくようだった。

快楽、悦楽、愉悦。なんと言えばいいのだろう。言葉では言い表せない快感が大波となって思考を洗い流していく。

「おぐううう!!　イぐぅ!!　ゴツゴツちんぽでいいい意識があぁおおお!!」

エルゼのその声を最後に、俺の意識は快楽という大渦に沈んでいった。

※　※　※

濃厚な行為を終えた後、最後の気力を振り絞って、脱衣所まで引き上げ長椅子にエルゼを横たえた。

俺は俺で、椅子の足にもたれかかる。なんだか頭がぼーっとして上手く思考がまとまらなかった。

(……のぼせたかな)

きっとそうだろう。もうしばらく休んだら、どこかから水を持ってこよう。気絶したエルゼにも、なんとか水を飲ませないと……。

「ふぅ……よし」

幾分か身体が回復したのを見計らい、水道から水をくんでくる。

気管に入らないよう気をつけながら、まずはエルゼに水を飲ませた。

その後、俺もゆっくりと余った水を飲み干す。

「うっ……ここは……」

「気が付きましたか？　脱衣所ですよ」

「ナオーク……うっ……そうか。ここまで運んでくれたのか」

その声からは、さきほどまで乱れていた気配はまったく感じない。いつものエルゼに戻ったようだ。

「すまない、ナオーク。あんなに無茶をするつもりではなかったのだが……。疲れが溜まっていたのかもな」

「大丈夫ですよ。びっくりしましたけど、いつもはあんなじゃないって、知ってますからね。少しでもストレス発散の手助けになるなら、それでいいですよ」

「助かる」

いつもは硬いエルゼが、珍しく優しい笑顔を浮かべる。

「ふぅ……なんだか頭がすっきりした。これなら次の一手もすぐに思いつきそうだ。これもナオークのおかげだな」

そう言ってエルゼは勢いよく立ち上がった。

「そのことなんですけど……」

「ん？　どうした、そんな深刻そうな顔をして」

エルゼの晴れ晴れとした表情と反比例するように、言いしれぬ不安が俺の表情を曇らせていく。

「俺の勘違いかもしれないんですけど……」

「気にするな、言ってみろ」

エルゼはじっと、俺の目を見つめてくる。その瞳は一切ブレない。俺のことを、信頼してくれているのだ。

「……実は」

その期待に応えられるかどうか分からないが、と心の中で謝罪しながら、俺はその不安をエルゼへと話して聞かせた。

第三章 侵攻

第一話　破竹の勝利

「大変です！」

アリーナ様とエルゼがエルフの里の守りを固めている最中、城付きの司令官からその報告はもたらされた。

「どうした」

「はい！　先日魔物に襲われた町に、新たな魔軍が現れたという報告が入りました!!　現在は町に駐屯している兵たちが対応していますが、かなりの数の魔物が襲ってきているようです」

「そうか。すぐに動ける兵に招集をかけろ。ある程度の兵が集まったら、私たちを待たずにすぐに出発してくれ。用意が出来たらただちに向かう」

その報告を聞いて、エルゼは司令官に、すぐ兵をかき集めるように指示を出した。司令官はその命令を受け、すぐに部屋を出て行った。

「……本当に、来ちゃいましたね」

嫌な予感がしていたとはいえ、いざそれが現実となると……。妙な緊張感と共に、冷や汗が頬を伝う。

「魔物の勘ってやつ？　なんにしても、準備しておいてよかったわね」

アリーナ様は机に広げていたエルフの里の地図を手早く片付け、珍しく驚きの表情を浮かべると、椅子に座る俺の頭を無造作に撫でた。

「いや、俺は別にそんな大したことしたわけじゃ……」

頭を撫でられた俺は、気恥ずかしさを感じて俯いてしまった。

「今回はナオークの助言に感謝しなくてはな。……さて、私たちもすぐに準備するぞ。出来次第、城の前に集まってくれ」

「オッケー」

アリーナ様は適当そうに手を振ると、自室へと向かった。

「さてと、カティア殿。それにナオーク……」

エルゼは神妙な面持ちで俺とカティアさんに語りかける。

「ふむ……あまり危険な場所には連れて行きたくないのだが……」

俺とカティアさんを交互に見比べ、エルゼは苦悶の表情を浮かべた。

「出来ればついてきて欲しい。特にカティア殿には申し訳ないのだが、あちらの被害状況によっては、手を貸して貰いたい」

まっすぐなエルゼの視線に、俺はカティアさんと目を合わせて、頷き合う。

「あのですね、エルゼ。実は俺たち、ここに来る前に話し合っていまして……」

「どんなに断られても、ついていこうと考えておりました。それにあの町は、わたくしの故郷ですから。お力になれることなら、なんでもさせてください」

カティアさんはエルゼへ近付くと、その手を握りしめた。

「カティア殿……。本当に助かる……」

「それでは、わたくしたちもすぐに準備を整えますね」

「俺は支度も何もないんで、ここで待ってますよ」

「そうか？　分かった。それじゃあ私もすぐに」

そうして各々の準備が整い、再度部屋に全員が集まったのは、それから十分後だった。

※　※　※

飛ばしに飛ばして急行軍する。俺たちは先日魔物に襲われた町の入り口に、再び立っていた。

町の入り口付近で、アリーナ様から俺たち三人に静止の合図が送られる。

「待って！」

「どうした」

そう聞き返すエルゼの表情は、すでに戦闘体勢に入っているようだった。全身に、ひりつくような殺気を纏っている。

アリーナ様も同じように、殺気だった表情をしていた。

「もう完全に包囲されてるわね。ナオーク、カティア？　あんたたちは私の後ろについて。エルゼ」

「分かっている。私はとりあえず兵と合流しようと思う。アリーナは適当に暴れるつもりだろう？」

「分かってるじゃない。それじゃあ行くわよ」

アリーナ様は真っ正面から、敵を警戒するそぶりもなく走り出した。

カティアさんをおぶった俺は、アリーナ様の後を追った。町へ一歩足を踏み入れた瞬間から　多くの魔物たちが容赦なくアリーナ様へと襲いかかる。

だけど、アリーナ様はそのことごとくを斬り伏せていく。

「よっし、とりあえずこんなところかな。ナオーク、後はふたりだけで大丈夫？」

「はい、俺たちは直接戦うわけじゃないですから、あとは隠れながら進みます」

「任せたわよ。カティア、もし危険な目にあったら、ナオークを囮にして逃げてもいいからね」

「アリーナ様……お待ちいただけますか？」

すぐに立ち去ろうとしていたアリーナ様を、カティアさんは引き留めた。

「あの……まずは避難所に行っていただけないでしょうか。あそこには多くの怪我人が避難しています。なにより多くの人がいますので、魔物に襲われていたら……」

その不安そうな表情を見たアリーナ様は、すぐに決断を下す。

「分かったわ。確かにそっちが優先ね。急ぎましょ」

アリーナ様に続いて、俺たちは森の中に入り、避難所を目指す。魔物を蹴散らしながら、ものの数分で避難所まで到達した。

「はっ……！　カティアの不安が当たったわね！」

避難所では、多くの魔物が破壊行動を取っていた。アリーナ様は勝手気ままに暴れる魔物たちを叩きつぶしていく。

「いつ見てもめちゃくちゃな強さだ……」

「本当に……お強いんですね」

「ひとりでオークの大軍を余裕で壊滅させましたからね……」

「ふぅ……なによナオーク、あたしの悪口？」

あっという間に避難所にいた魔物を全てを片付けると、アリーナ様は軽口をこぼす。

「あはは、自慢していたんですよ」

「ちょ、ちょっとやめてよ……恥ずかしいじゃない。そ、そんなことよりあんたたちはとりあえず、ここで怪我をした人の手当を、よろしくね」

顔を真っ赤にするアリーナ様はとても可愛く見えたが、すぐに真剣な表情に戻り、魔物が暴れる町へと戻っていった。

それから、俺とカティアさんは手分けをして負傷者の治療に当たっていく。はじめは、俺の姿を見ただけで怯える人もいたが、治療を続けるうちに誤解も解けていく。

「すまねぇな……」

「気にしないでください。好きでやっていることですから。あ、ちょっと腕あげて貰ってもいいですか？」

決して手際が良いとはいえないながらも、町の人たちと会話をして、不安げなその心に寄り添う。

それを繰り返すことで、徐々に打ち解けていった。

老若男女、分け隔てなく接して、治療を施していたときだった。

「わたしにも何か手伝えることはあるかしら？」

と声を掛けられた。

振り返るとそこには、艶めかしい雰囲気をまとった淑女がいた。あまりにも美人なその女性を見て、俺は一瞬、思考が固まってしまう。

（え、俺？　オークの俺が話しかけられたの？　見ず知らずのこんな美人に？　なんで？）

「あの、何かお手伝い出来ることはあるかしら……」

一向に状況を理解しない俺に、その女性は心配そうな表情で、もう一度用件を伝えてくれた。

「あ……ああ、手伝えること、ですか。えっと、あ、じゃあその箱から包帯の留め具を取ってくれますか？　あと、もし出来るなら待っている怪我人の手当……とかも」

しどろもどろにそう伝えると、その女性は儚げに微笑んで救急箱から留め具を取り出し、俺に渡してくれた。

「はい、これね？　ここに入っている道具は、全部使ってもいいのかしら……」

「あ、はい。あの、大丈夫です。あ、でも出来るだけ節約してくれると嬉しいです。急いで来たもんですから、治療器具の物資が少なくて」

「あら、それは大変ね。それじゃあ動ける人には街中から医薬品を回収させましょう。誰か、倉庫に行って取ってきてくれないかしら」

その女性がキョロキョロとその場で首を巡らせると、数人の男たちがそれに応え、倉庫へと走って行く。

「あの……俺はナオークって言います。あなたは？」

「あらごめんなさい……。自己紹介が遅れたわね。わたしはレーニ・エバールですわ。あなたが頑張ってる姿を見て、いても立ってもいられなくなっちゃったの」

艶やかな微笑みを浮かべて、彼女はテキパキと治療を進めていく。

「ふぅ……ひとまずはこんなところですかね」

「お疲れ様、ナオークくん。……少し休みましょうか。あっちに川があるの。お水を汲みに行くついでに、ね？」

水汲み用の桶を片手に、レーニさんと俺は、避難所の近くにある川へと向かった。

「ここよ？　ね、良い場所でしょう？」

「確かに、荒らされてない自然のままの川って感じですね。よいしょっと」

桶を適当な場所へと置き、川の水に手をつける。温度はかなり冷たくて、気持ちが良かった。

「なんだか、あの人に似ているわ」

「え？」

ほとんど消え入りそうだった呟きが、聞こえてしまった。

「え？　あらやだ……ごめんなさい……」

レーニさんは自分の呟きに気が付いたようだ。恥ずかしそうに片手で口元を隠し、頬を染めた。

「えっと、もし良ければ……お話を聞かせて貰っても、いいですか？」

「……」

「あっ、いや！　あの、話したくないことなら全然！　す、すみません……」

あたふたと手を振ると、レーニさんはくすくすと笑いだす。

「ぷっ……ふふ、本当にそんなところまでそっくり」

訳が分からず俺が混乱している間、レーニさんは笑い続け、しまいには目に涙まで溜めだしていた。

「うふふ、うふふふ。……実はわたし、少し前に夫を亡くしてるの」

レーニさんの口から出てきた言葉は、あまりにも重いものだった。

第二話　未亡人の悩み事

「あの、なんて言っていいか……」

「うふふ、気にしないでいいのよ。困らせるって分かっているのに、聞こえるように言ってしまったわたしがいけないのよ」

レーニさんは儚げにそう言って、続けた。

「それに少し前っていっても何年も経ってるから、もう吹っ切れているわ」

俺にはその言葉が、嘘にしか聞こえなかった。ふっと、レーニさんは視線を下げた。

（……やっぱり）

想いを引きずっているのがありありと伝わってきた。

「それに、今は誰かの役に立つことが生きがい。ナオーク君を手伝ったのも、半分はそれが理由なの」

少しだけ困ったような表情を浮かべた。

「レーニさん……俺に出来ることがあれば」

そっとレーニさんの肩に手を置いた。レーニさんは俺の手に手を重ねて、微笑んでくれた。

「ナオーク君は優しいのね」

目尻に浮かんだ涙を拭い、俺の手を振り解いた。

「ちょっと休みすぎたかしら。そろそろみんなの所に戻りましょう……きゃっ」

「大丈夫ですか!?」

小石に足を取られたレーニさんは、前屈みに倒れ込んだ。俺はとっさにレーニさんを抱き留める。

むにょりとレーニさんのおっぱいが腕に沈み込んだ。

(お……おぉおう……!!)

他意がなかったところに突然降って湧いたハプニングで、俺の腕は天国を味わっていた。

「わたしったら……ごめんなさいね、ナオーク君」

「い、いえ!」

声が裏返らなかったことが奇跡だと思えた。それほどの破壊力がこのおっぱいにはあったのだ。

「やだっ、な、ナオーク君。その、手が……」

「す!　すすす、すみません!」

いつまでもレーニさんのおっぱいに腕を埋めているわけにはいかない。そう分かってはいても、その魅惑の感触からはなかなか手を放すことが出来なかった。レーニさんは顔を真っ赤にして硬直してしまうし、俺は俺でどうすれば良いのか分からずに硬直している。

そうこうしているうちに、俺の息子がむくむくと自己主張をはじめてしまった。

勿論、身体を密着させているレーニさんには、股間のその感触がばっちり伝わっているだろう。

「あ……その、本当に……その……」

流石にマズイと、なんとか身体を離そうとすると、今度は逆にレーニの手が俺の背中に回された。

「もう少し……このままでいさせて」

レーニさんは頭を俺の胸板へともたれ掛からせた。潤んだ瞳で俺を見上げるその姿は、卑怯なほどエロく映った。特に、俺にもたれ掛かったことで強調されたおっぱい。息づかいと共にたゆんと揺れ、俺の視線を釘付けにした。

「ナオーク君……わたし……我慢、出来ないわ」

「レーニさん……お、俺も……」

自然と腕に力が入り、大きなマシュマロに指が沈み込んでいく。

唇が重なって、お互いにお宝を探り合った。

「んちゅ……ちゅぱっ……あんっ！」

レーニさんの口から溢れ出す唾はハチミツかと思うほど甘く、いくらでも飲めてしまえるほどだ。

「ちゅっ……ふう……。さっきからわたしのおっぱいばっかり見ているけど、ナオーク君はおっぱい、好きなの？」

「いや……いえ、はい。レーニさんのおっぱい……とっても魅力的で……つい。すみません……」

「謝らなくてもいいのよ。わたしもその……嬉しいから。そうだわ、ナオーク君、ちょっとそこに座って。そう……」

俺を背の高い岩へと誘うと、そこへ座らせた。地面に落ちた小石を慣らし、膝立ちになった。

レーニさんは服をはだけさせると、服に押さえつけられていたおっぱいが開放された。

アリーナ様たちもかなり大きな胸を持っているが、それよりも一回り大きなおっぱいが、目前で揺れている。

「さすがオークね。こんな大きなちんちん、見たことないわ。わたしので包み込めるかしら……」

不安そうにおっぱいをペニスにあてがった。だけどその不安は杞憂に終わった。レーニさんのおっぱいはなんなく俺のペニスを包み込む。流石に亀頭部分は飛び出してしまうが、それでも十分すぎるほどの柔らかさを感じた。

両脇から押さえつけられたおっぱいが、気持ち良よい圧迫感を与えてくれた。

「先っぽが出ちゃったわね……。ぺろ」

「あふっ！」

直前に濃厚なキスをしていた生温かいレーニさんの舌が、俺のペニスを舐め上げていく。

さらに、もっちりとした質感とともに与えられるパイ圧。

「おっぱいでペニス抱っこ、どうかしら」

その効果は抜群だった。柔らかなおっぱいが絞られることで、パイ圧がどんどんと上がっていき、バキバキに勃起したペニスとのギャップで、極上の膣と同様の気持ち良さを与えてくる。

それを分かっているのかいないのか、レーニさんは額に汗を浮かべながらふたつのおっぱいをペニスへと押しつけていく。

「こ……こんなの、絶対に気持ちいいに決まってるじゃないですか！」

「それは……んっ、よかったわ。ナオーク君の先端から、透明なお汁が流れ出してきてる」

俺のペニスを飽きさせないようにするため、緩急をつけながらペニスを締め付ける。

「ちゅっぱっ！　どうかしら、わたしのおっぱい」

「おちんちんがお餅みたいに柔らかくて……とっても気持ちいいです」

「ならよかったわ……。ねえ、もしよければ私のおっぱい、揉んでくれないかしら。ナオーク君の好きなように弄ってくれていいから……」

「ッ……ごくり」

その提案に俺は生唾を飲み込む。手の平に収まりきらないほど大きなおっぱいを自分の好きに出来るなんて……。恐る恐る手を伸ばし、ペニスに寄せるよう両脇から押し潰す。

たぽんたぽんと、水風船を弄ぶようにおっぱいを跳ねさせた。

「あん……わ……わたしのおっぱいが……あんんッ乳首……だ、ダメぇ……」

興奮で既にビンビンに勃起していた両乳首を指先でコリコリする。レーニさんの反応は劇的だった。

「ちぃ……きゅぅう!! あぃ……いぃ……!!」

乳首を弄られ、一瞬のうちに乱れたレーニさんは、身体を小刻みに震わせた。

(軽く、イッたのかな)。

「あ……あふ……あ、乳首……気持ちいいわ……こんなに早くイッちゃうなんて。……ナオーク君、もっと続けて……れろれろ……れむんむチュ」

それで完全にスイッチが入ったのか、レーニさんは亀頭に舌を絡ませたり、吸い付いたりと積極的になってくる。

「らめ……おまんほうふいて……止まらないわ……」

くちゅりとレーニさんがペニスをほおばる音とは別に、粘着質な水音が聞こえはじめた。

おっぱいから視線を移すと、レーニさんが自分の股間に手を伸ばして、もぞもぞと動かしていた。

興奮のしすぎで、オナニーを始めてしまったようだ。

「ちゅぷっちゅぱぢゅるちゅぽっんろれらんろろえろぉ……んんっ！ んま……んひぃいい！」

乳首を少し強めに弾いてしまったとき、レーニさんは大きく身体を震わせた。絶頂の余波で口内の空気が吸い込まれ、ペニスに予想以上の負荷がかかった。

　肉棒の血管がビキリと浮かび上がり、さらなる膨張が起こる。

　あまりの快楽に背筋を海老反りにして、咄嗟の発射を食い止めた。

「んぢゅうぅうう!!　ンボオおぉおお!!」

　だが、レーニさんはそうはいかなかった。絶頂は絶頂を呼び、痙攣連鎖を生みだしていた。

　がくがくと揺れる身体は、さらに別の刺激として俺のペニスを揺すり上げる。

「うっ……ぐぅううう!!」

　予想外の刺激に、流石の俺も耐えきることが出来なかった。尿道から気持ち良い汁が決壊し、レーニさんの口内に白濁した汁を叩きつける。絶頂しているせいで身体に力が入らないレーニさんの口からは精液がダボダボと漏れて、突き出たおっぱいを汚していく。

「はぁ……はぁはぁ。れ、レーニさん……大丈夫ですか……」

「ひゃ……い……あふ……あ……い……」

　おっぱいにかかった精液を掬いながら、焦点の合っていない瞳で手に纏(まと)わせた精液を眺める。

「あむぢゅる……んちゅぢゅぢゅっ……あ……ナオーク君のせーし、とっても濃くて美味しいわ」

　手に付いた精液を綺麗に舐め取り、レーニさんは掬いきれなかった精液を手に絡ませると、その指でヒクつくワレメをかき回した。

「ナオーク君……わたしどれだけイっても、子宮の疼きが止まらないの……。お願い……ナオーク君のそのちんちんで……わたしをめちゃくちゃにして？」

　レーニさんはお尻を突き出して、誘うように左右に振った。

第三話 熟れた身体の熱

突き上げられた尻を見せつけるように、ゆっくりと振られる二つの丸い肉。その間から覗く皺と、その下ではしっかりと準備の整ったワレメが物欲しそうにパクパクと開閉していた。

「ナオーク君……お願い……」

レーニさんはよほど我慢出来ないのか、ワレメを手で広げて見せた。ただ広げるだけではなく、膣の端を掻くように指を動かして、火が着いてどうしようもなくなった欲求を満たそうとしている。

「夫が亡くなってから……身体が乾いて仕方がないの……」

レーニさんは振り返り、肩越しに潤んだ片目を俺に向けてきた。耳まで真っ赤に染めながらの懇願に、俺は悩みに悩んだ。

亡くなってなお夫を慕う人妻に、手を出しても良いものか……。

「うふぅ……ん」

俺の決意を急かすように、レーニさんはワレメを、硬くそそり立つペニスへこすりつけてくる。出会ってすぐの俺に、レーニさんはここまでしてくれているのだ。

「わ……分かりました」

女性にそこまでされたなら、男として黙っているわけにはいかない。

俺はずぷりと、おっ広げられたマンコへとペニスを突き入れた。

「んふうっ……!! ふ、太い……おまんこ裂けちゃいそう……」

そう言いながら、レーニさんのおまんこは俺のペニスを容易に包み込んでいる。入れ心地はとてもソフトだったが、カティアさんほど柔らかさがあるわけではなく、かといってエルゼのように引き締まっているわけでもない。だけど独特の吸い付き加減で俺のペニスをしっかりと気持ち良くさせてくれていた。

「わたしのことは気にせずに、ナオーク君の好きなように動いていいから……」

その言葉に甘えて、俺はレーニさんのお尻をがっしりと掴むとゆっくり動かし始めた。

途端、レーニさんの膣は予想外の動きを見せた。

膣内のごく浅い部分がきゅっと絞まったかと思うと、奥に向かって絞り上げるように収縮しはじめた。今までのどんな人とも違うその感触に、俺は思わず声を漏らしてしまった。

「うお……」

「う……あふ……ナオーク君のおちんちん……わたしの気持ちいい場所に当たってるわ……ああ……あっあっあっ……!」

ゆっくりとしたピストンをしていくと、レーニさんの膣はさらに不思議に蠢いていく。まるでレーニさんとは別の意思を持った生き物が、独立して精液を絞りだそうとしているようだった。

(油断してると……すぐに出ちゃいそうだ……)

改めて気合いを入れ直し、腰にぐっと力を入れた。

「そ……う。ふあ……!」

ゆっくりとペニスを馴染ませ、何度か子宮を小突く。そうすることで、緊張していた膣をリラックスさせた。

（これで、少しずつペースを上げられる！　けど……）

「んん!!　あああぁ!!」

「うっ……く……！　締め付けが……凄い……」

ピストンを続ければ続けるほど、レーニさんの膣はパクパクと開閉して俺のペニスを味わう。

「ああっ……！　ふとい……！　久しぶりのおちんちんっ!!　あうぅう……あの人より大きくて……んぐぅ……!!　ひっ、比較しちゃいけないのに……いぃいい!!　おまんことろけちゃう……!!だ、ダメ……ち、力が入らないわ……！」

まだ挿入から数秒も経っていないにもかかわらず、レーニさんは手を突っ張って、力が抜けそうになっている身体を支えていた。だが、それもすぐに崩れてしまいそうなほどの震えを見せている。

「はっ、あんっ！　うぅぅ……！　あひ！」

その震える姿はまるで、生まれたての子馬のようだった。

倒れてしまわないように、俺は腕をお腹の辺りまで回してしっかりとレーニさんの身体を支えた。

おへその左右を、もにゅりと指が軽く埋まる程度に鷲掴みした形になる。

「あぁああ……!!　お腹ぁ……ジンジン……してる!!　外側から撫でられて、子宮熱くなっちゃう!!　あ……あひっ！　頭おかしくなる！　何も考えられなくなるうぅ!!」

それがどんなスイッチを押したのか分からない。だけど、身体全体に電気が流れたみたいな痙攣を起こしてしまった。

「うふんっ……あんあああ!!　んあああ!!」

このまま手を放してしまえば、ベッドの上でのたうってしまうことになる。いくらなんでもそれはまずいだろうと、俺の手を無意識に弾こうとするレーニさんの身体をより一層強く握りしめた。

「大丈夫です……俺が支えてますから！」

手の平が女性らしい柔らかなお肉の感触で満たされた。もっちりと手に吸い付いてくるにも関わらず、その肌触りは滑らかな絹のようだった。

（あぁ……触ってるだけなのに凄く気持ちいい……）

その質感を堪能しようと、俺は無意識にレーニさんのお腹を手の平で撫で回した。

「おんんんっ!!」

パン生地を捏ねるようにお腹を撫でられ、可愛らしい嬌声を上げて海老反りに身体を跳ねさせる。

「ちが……違うの!!　ナオーク君の手がぁ……!!　気持ち良すぎてぇ!!　おねっ……お願いぃぃ!!　手、手を放し……いふぅぅ!!」

かと思えば、身体を丸めて痙攣する。

「で……でも！　む、無理ですよ！」

手で支えている状態ですら危ないのに、手を放すことなんて出来るわけがなかった。

「あんんっ……!!　そ……そんんあ……！　ナオっ！　ナオーク……くぅん!!　ひど……酷いわ！本当に……、本当にダメになっちゃうわ！　おね、お願い……！　お腹揉まないでぇ……!!」

言っている間にも全身を痙攣させ続けている。その反動で俺のペニスは抜けてしまった。

「うっ……くっ！」

これじゃあ余計に手を放すことはできない。

「きゅっ！　ふぅうう……にいい……!!　おちんちん抜けてぇ……!!」

それでもレーニさんの痙攣は止まらない。仕方なく組み伏すような形でレーニさんを抱きしめた。

レーニさんの身体に密着すると、甘酸っぱい匂いが鼻孔をくすぐって、その香りは俺の脳みそを少しずつ溶かしていった。

「に、匂い嗅いじゃダ……メへぇ！　はずか、しいから……ああん!!」

身体を捩って俺の拘束を解こうとするが、レーニさんは芋虫のように腰をくねらせるのがやっとだった。

「ンンンンッ!!　ナオーク君に抱きしめられてんあああ!!　イッちゃう！　まだセックス始まったばかりなのにぃ……ちんちん抜けておまんこキマッちゃうう!!」

「わっ！」

俺の腕を振りほどいてしまいそうなほどの力を込めながら、レーニさんは身体をのけぞらせた。

いきなりの動きに驚いた俺は、反射的に腕に力を入れてしまう。

「あああぁ!!　ひゃふぁああぁ!!」

身体を強く締めつけられたレーニさんは、それまで以上に身体を痙攣させた。

人形師に無理矢理身体を操られているような、危ない動きだ。

「おっ……おへ……はぁ……うぅ……」

お腹を触られるのがそんなに気持ち良かったのか、全身から力が抜けていくのが分かった。首をがっくりと前に垂らしながら、身体を小刻みに震わせている。

「ごめんなさいレーニさん……でも、危なかったから……」

痙攣は少しだけ収まったが、それでも急な動きに備えてお腹を支え続ける。

「あぅ……あられっへ……おっふぁぁぁあぁ……」

呂律が回っておらず、レーニさんがなんて言ったのかはまったく分からなかった。

「レ、レーニさん……大丈夫ですか？」

流石に心配になり、レーニさんの顔をのぞき込む。

「はぁ……はぁ……あへっ、あへっ……」

(うっ……)

だらしなく開けられた口元からは舌が投げ出され、焦点の合っていない瞳が、漠然としたまま俺のほうを向いていた。

「あふっ……えへぁ……」

(凄い……エッチな顔してる)

弛緩しきったレーニさんの身体を四つん這いにさせる。まだ腕に力が入らないのか、尻を突き上げる形になってしまった。

鼻水まで垂らした、レーニさんの特別な表情を見て、俺は——。

「レ……レーニさん……。俺……」

「あっ……うぅん……ナ……ナオークく……ひゅこひだけま——んひぃ!!」

我慢することが出来ず、抜けてしまったペニスをもう一度レーニさんの中へ差し込んだ。

第四話　未亡人との約束

「んほおおおおおお!!」

レーニさん特有の、入り口から奥へ向かって収縮する膣を貫いていく。

「あっ……んんあぁ!!　おおおおっおおっおっ!!」

一度ペニスを最奥まで突き入れる。肉汁が溢れる膣内は、さっき入れたときよりも熱く、柔らかくなっている。

「いきますよ、レーニさん。動きますからね？」

その声がまともに聞こえていないだろうと確信を得ながら、俺は敢えて声に出した。

じゅぶじゅぶと水音を立てながら、ペニスを出し入れする。

「あううう!!　あうっ！　ううん……!!」

返事代わりの喘ぎ声を聞きながら、俺はさらにピストンのスピードを上げていった。

嬉しそうに愛液を溢れさせている。絶えず滲み出る潤滑油のおかげで、動きはずっと楽になっていた。パンパンと小気味よい音を響かせると、レーニさんはそれに、嬌声を合わせてくれる。

「んんぅ!!　あひ……あひぅ！　おう……あぅうん!!　ひぅん！　なおっくふぅん!!」

一緒に音を奏でる旋律は、気分を高揚させてくれる。それはレーニさんも同じだったようだ。

「んあぁん！　んきゅぅ！　あひっ！　あああぁ!!」

「うぐっ……！　急に……膣が絞まって……ぅ」

レーニさんが気持ちよさそうな声を上げるたび、絞るようにペニスを締めつけてくる。

（レーニさんのマンコは、ウネウネって生き物みたいに動くな……。予想外な場所を攻められて……射精を我慢出来るか分からない……！）

高まってくる気持ちを紛らわせるために、俺は全神経を硬くなったペニスに集中する。

だがそれも諸刃の剣だった。ペニスに集中したことで、極上のマンコの感触がダイレクトに感じられてしまったのだ。

「くっ……!!　まだ……まだ！」

予想外の快感に、全身にぞわぞわと鳥肌が立った。

「あふうう!!」

ごつり……！　とペニスを子宮に叩きつけると、レーニさんは身体をのけぞらせた。

その反動で飛び跳ねる巨大なおっぱいは、背中越しにもその形が分かるほどだ。

（これだ！）

俺は横に縦にと縦横無尽に跳ね回るおっぱいを背中越しに鷲掴みにした。その大きさたるや、俺の手でもまったく収まりきらないものだった。むにゅりと形を変え、指の隙間から溢れてしまう。

「む……胸……おっぱい……！　ナオーク君におっぱい触られちゃったわ……あんんっ!!」

手の平に収めたことで、その重量が、重力という実感を持って伝わってくる。押し上げるようにたぷたぷと持ち上げてみると、なおさらだ。

一つの固まりで何キロくらいあるのか……考えるだけで夢が広がっていく。

「んひぃ！　乳首コリコリしちゃ……ダメよ！　んんんんっ!!」

人差し指を使って、おっぱいを揉みながら蕾をほぐす。

「レーニさん……先っぽ、気持ちいいですか？」

「むにむにされるとぉ！　えっちなことしか考えられなくなるわ……!!」

「もし今、俺がレーニさんの子宮突くのやめたら……どうしますか？」

ペニスが膣の奥へ届く直前、俺はぴたりと腰の動きを止める。

「い……いや！　もっと突いてくれなきゃ、気が狂いそう!!」

俺の言葉を聞いて必死に首を横に振るレーニさん。しかし、そんな可愛い仕草をする彼女を楽しんでいる余裕は俺にはなかった。だってその態度は、虚勢なんだから。少しでもペニスを休ませないと、精液が飛び出してしまうことは、火を見るよりも明らかだった。

「仕方ないですね……んっ！」

なんとか作りだした余裕で、俺は再度レーニさんの子宮口に濃厚なキスをした。

――ブビィ！　その瞬間、レーニさんの秘部から、おならのような音が鳴り響いた。

結合部を見ると、ペニスとワレメの隙間に、ぷくりと空気の泡が弾けるのが見えた。

「おまんこから、おなら出ちゃいましたね、レーニさん」

耳を甘噛みしながら、俺は囁く。

「いや……言わないでぇ！」

すると、恥ずかしさのあまりか、ぎゅぎゅぎゅぎゅッと膣が縮み上がった。

(近い……な！)

それが、レーニさんの絶頂の訪れを予感させる。俺はより一層、気合いを入れて出し入れを行った。

ただ突き上げるだけじゃなく、腰を使って膣全体を絡めるように、だ。

「おううう!? アひぃいいいい！ おおおおっ、おまっ！ おまんこ練られてる！ おまんこ混ぜ混ぜされてるううう!!」

肉棒で小突くだけで、レーニさんは錯乱したような喘ぎ声を上げるようになっていた。

腰振りがより一層激しさを増しているためだろう、レーニさんはワレメからのマン屁を繰り返していた。俺はお構いなしに、何度も何度も子宮をお腹へ押し上げた。

「だ……ダメ!! またクる!! おまんこ……んぐっ!! 子宮ぅううう!! 爆発しちゃううう!!」

執拗なまでに突き上げられた子宮の耐久値は、もはやゼロだ。あと数度突けば、押し寄せる快楽の波に、子宮の防波堤は決壊する。

最後のキメを、より確実なものとするために、俺は乳首を引っ張ってレーニさんの気を逸らした。

「ひっ……！ ま、また……！ ち、ち、乳首ぃ……!!」

そしてその試みは見事に成功し――。

「ふぅ!! ふぅう!! ふうううううううん!!」

乳れるレーニさんに引導を渡すため、決死のペニス三段突きを閃かせた。

※　※　※

「あっ……う……も……もう射精出来ない……」

全てを吐き出した俺は、レーニさんの膣内からずるりとペニスを抜き出すと覆い被さるようによ
うに倒れこんでしまった。

「ご……ごめんなさいレーニさん。すぐにどきますから」

慌てて上体を立てようとすると、レーニさんが俺の首筋へと腕を回してきた。

「え……レ、レーニさん？」

予想外の行動に、驚いてどもってしまった。

「ごめんなさいナオーク君。もう少し、このままでいさせて？　ナオーク君の大きな身体に包まれ
てると、なんだか安心するの」

「え!?」

驚きすぎて、俺は身体を強張らせる。

(も、もしかして……罠か何かか？)

俺を持ち上げても、別に何も利点があるわけじゃないのに……。

「あ……あの、なんで俺なんかに」

「なんか、なんてことないわ。わたしはね……わたしは……」

首に回された腕に少しだけ力がこもる。

数瞬のあと、レーニさんは意を決したように話しだした。

「あの人は沢山お金を残してくれたから、お金目当ての人が沢山わたしのところへ来た。わたしは、
その人たちに負けないように、ずっと気を張ってなきゃいけなかった。……とても、辛かったの。

でも、ナオーク君はそうじゃないって、見てるだけで分かった。町の皆に怯えられながら、それで

も怪我をした人を助けようとしていたんだもの……」

ぱっと俺の身体から離れて、レーニさんは俺の目をまっすぐに見つめた。

その瞳はとっても純粋だった。とても人を騙そうとしているようには見えない。

「レーニさん……」

少しでもレーニさんのことを疑ってしまったことを、俺はとても後悔した。こんなに心根の綺麗な人が、人を騙すだって？　馬鹿も休み休み考えたほうがいい。

「ごめんなさいね……こんな重い話、聞かせるつもりなかったのに……。ふふっ、きっとナオーク君があの人に似て優しいから、甘えちゃったのね」

そして不意に、レーニさんの声のトーンが変わる。

「ねえ……ナオーク君、もしよければ、わたしと……」

その先の言葉を察して、俺は思わず表情を崩してしまった。すぐに真顔に戻したが、レーニさんは俺の表情の変化を見逃さなかったようだ。

「……そう。他に、あなたにとって大切な人がいるのね」

色々な女性と性行為をしている俺が、こんな想いを抱くのは間違いなのかもしれないが、容易く彼氏彼女の関係になるというのだけは、気持ちの整理がつきそうになかった。

きっと、アリーナ様も俺を思ってくれたからこそ、告白をしてきたのだろう。それが分かったから、俺はアリーナ様に返事をしたんだ。

「なら、たまにナオーク君のちんちんを貸してちょうだい？　それなら……大丈夫でしょう？」

俺は、妙な虚しさを覚えながら、頷くことしか出来なかった。

第五話 勝ち取った信頼

魔王軍の襲来から一夜明けた避難所の様子は、凄惨なものだった。あちこちに疲れ切った表情をした人々が溢れている。怪我の治療も大切だけど、精神的なケアも必要になってきそうだ。

そのあたりの計画などを話し合うために、俺はレーニさんと一緒にカティアさんの元を訪れた。

部屋の扉を開けると、まだ寝間着姿のカティアさんが出迎えてくれた。

「ナオーク様、おはようございます。……あら、レーニ様？　こんなところで奇遇ですね」

カティアさんは俺の隣に立つレーニさんに気が付くと、小さく驚いた。

「カティアさん？　ナオーク君と知り合いだったの？　そうなら早く言ってくれれば良かったのに」

レーニさんを見ると、カティアさんと似たような反応を見せていた。

「おふたりは知り合いだったんですか……？」

「ええ。レーニ様はよく教会のお手伝いをしてくれていたんです」

「ご迷惑ばかりかけてしまっていますけど……。わたしなんかでもお役にたてるならと思って、ボランティア活動をさせてもらっていたの」

「そうなんですね……」

そう言われてみれば、ふたりとも同じ町に住んでいたのだから、知り合いであっても別におかしくない話だ。

「レーニ様がいればとっても心強いです。さあ今日も張り切って怪我人の手当をしていきましょう」

「あ、実はそのことで相談があって」

「相談、でございますか？」

「はい。ここに来るときも目にしたんです。町の人たち、かなり疲れた表情をしていたんですよ。怪我の治療も大切だと思うんですけど、心のケアも必要じゃないかって。それで、何か良い案はないかなって」

「あぁ……それはわたくしも感じておりました。何か思いついたらお互いに知らせ合いましょう。レーニ様も、何か思い付かれましたら、是非」

三人で頷き合った。

「そういえば、アリーナ様とエルゼのほうはどうなってるんだろう」

「それでしたら、先ほど連合軍の連絡係の方が来られましたので、聞いておきましたよ。町全体の安全は確保したそうなのですが、まだまだ魔王軍の侵攻は止まないようです。ですが、アリーナ様とエルゼ様がその都度、全ての魔物を切り伏せているようです」

「それじゃあ、すぐには心配いりませんね」

分かってはいたけど、流石のふたりだ。今回はあのふたりでもちょっとくらい苦戦するかと心配していたけど、まだまだ余裕か。ドラゴンにも楽々勝利していたし、じゃあいったい何なら彼女たちの快進撃を止められるんだろう……。いや、止められても困るのはこっちなんだけど。

「わたくしたちはわたくしたちで、出来ることを致しましょう」

まずは皆が集まっている場所へと移動をした。カティアさんとレーニさんは楽しげに会話をしながら移動していった。その光景を見ているだけで、なんだか温かい気持ちになる。そうこうしているうちに、人が多く集まる場所へと到着した。

「俺はこっちで皆の手当をしてるんで、何かあったらすぐに呼んでくださいね」

「わたくしはあちらで。レーニさんもわたくしを手伝ってくれるそうですので」

手を振り合って別れ、そこから午前中一杯、避難所を駆け回って負傷者の手当を行った。

「ナオークくーん！　そろそろお昼にしましょう？」

数人の治療をしているところに、レーニさんが近付いて来て、お昼に誘ってくれた。

「あ、いいですね。ちょっと待っててください！」

手早く治療を終わらせて、俺はレーニさんとカティアさんが待つ木陰へと駆けていった。

「お疲れ様ですナオーク様。どうぞ、わたくしが作ったんですよ」

差し出されたサンドイッチを受け取る。中身はシンプルにお肉と野菜が挟まっていた。

「わぁ、ありがとうございます！」

ありがたくそのサンドイッチを受け取ると、俺はかぶりついた。ジューシーなお肉とシャキシャキの野菜が、しっとりとした食パンと共に口の中を楽しくさせてくれる。

あまりにも美味しくて、ガツガツと口の中へ放り込んでいく。

「んぐっ!!」

勢いよく食べ過ぎて、喉に詰まってしまった。

「……!!　……!!」

どすどすと胸を叩く。

「はい、ナオーク君、お茶よ」

「……!! んぐっんぐっ! ぷはっ、ありがとうございます」

「ふふっ、カティアさんの料理は美味しいものね。でも、ゆっくり食べなきゃダメよ」

「まだまだ沢山ありますから、慌てないでくださいね」

そんな感じで一時の憩いを堪能していたときだった。

――きゃー!! 突然、近くで悲鳴が上がった。

顔を向けるとそこには、凶暴そうなオーガが一匹、キョロキョロと顔を動かして、避難所の様子を確認していた。まずい――――! と思う間もなく暴れ出す。

「ま、魔物だ!!」

「逃げろー!!」

「いやああ!」

一瞬にして場は混乱した。その場にいた町民たちが、パニックになりながら逃げ散っていく。

「カティアさん、レーニさん! 皆を落ち着かせて! あの魔物は俺がなんとかします!」

「は、はい!」

「ナオーク君……気を付けて」

俺はふたりに親指を立ててるとオーガの前に立ちふさがった。

「あん? なんだおめぇ……まさかここの獲物を独り占めする気かぁ!?」

見当違いに怒りだしたオーガの問いかけには答えず、俺はファイティングポーズを取った。

オークと似て単細胞なオーガなら、こうやって挑発すれば、すぐに頭に血が上ってくれるだろう。

「テメェ……!! オークのくせによぉ!! 上等だよゴラァ!!」

案の定、目の前が見えなくなったオーガは、何も考えずに拳を振り上げて俺に飛びかかってくる。

「分かりやすすぎるって！」

「うげぇ！」

襲いくる拳を簡単に躱(かわ)し、オーガの顔面にカウンターを決めた。

「て……テメェ……!!」

「は～あ、まったくこれだからオーガは無能なんだよ。俺たちオークみたいに、もっと頭を使わないと。道具とか使えないだろ、お前ら」

「んだと!? テメェらこそ何も考えずに女攫ってはセックスに溺れてる猿のくせによぉ!!」

オーガは更に顔を真っ赤にして怒り狂った。この状態にさえしてしまえば、あとは楽勝だ。単調な大ぶりしかしてこなくなる。冷静に、丁寧にその攻撃を避けるだけだ。

「なんで当たんねぇんだよくそぉおお!! オークのくせにチョロチョロ動き回りやがってぇ!!」

「お前なんかのへなちょこパンチじゃ、誰にも当てられないって！」

とはいえ、油断は出来ない。しっかりと見極め、着実にオーガにダメージを与えていく。

「くっ……くそがぁ……くそがぁ……!」

何度も何度も攻撃を避けられたオーガは、早くも息を切らせていた。

「ぶっ殺すぞクソオークぅ……!」

オーガは憎々しげに俺を睨み付ける。俺はその視線を涼しげに受け止めた。

「お前程度じゃ、無理だろ」

実際に手合わせをしてみて、確信していた。

「オラァ！　クソがおらぁ！」

ただでさえ単調だった攻撃がさらに分かりやすくなった。突き出された腕を払い、隙だらけになったオーガの顎へ強烈な一撃をお見舞いしてやった。

「おげがっ……!!　おっ？　ぐ……」

バランスを崩して、オーガはふらふらと転ばないように動いている。目の焦点も合っておらず、完全に錯乱していた。

「これで終わりだ!!」

渾身の力を込めた俺の拳はオーガの顔面にめり込む。そのまま空の彼方へと吹き飛ばす、それぐらいの気持ちで叩き込んだ。

「ふぅ……」

まあ、この程度の相手ならこんなものだろう。

「うーん……良かった」

もっと強い奴が迷い込んできたなら、もう少し苦戦したかもしれない。もっと強い奴なら……もしかしたら負けていたかもしれない。

「もっと強くならないとな……」

アリーナ様と背中を合わせて戦いたいとか、そんな贅沢は言えないけど、せめて自分の身を守れるくらいにはならないといけない。

「まだまだ……か。とりあえず皆に知らせないと」

と振り返ると、多くの町民の視線が俺に突き刺さっていた。

「すげーぞオーク！」

「あんたのこと勘違いしてたよ！　マジで良い奴だな、お前!!」

と、なんだか町の人たちの反応が、格段に良くなっていた。

「あ、あはは……いや、そんな」

町の人間たちに認めてもらえたことが、なんだかとても嬉しく思えた。

※　※　※

その日の夜。町の人たちと仲良く食事をした俺は、気分良く宛がわれた部屋で寝転がっていた。

「ナオーク様、ちょっとよろしいですか？」

そこに突然、カティアさんがやってきた。周りの様子を窺うように、何度も扉の外に視線を送りながら、手をちょいちょいと動かして手招きをする。

「え？　な、なんですか？」

誘われるがままカティアさんに近付くと、腕を引かれて外へと連れ出される。

「ど、どこに行くんですか」

「ふふ、わたくしの部屋です」

カティアさんは、そういたずらっぽく笑ったのだった。

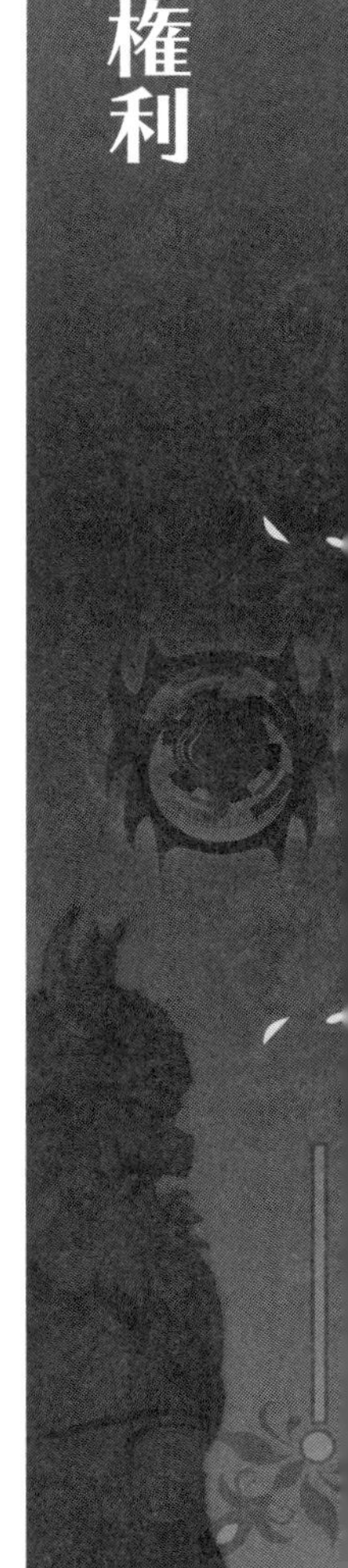

第六話 珍しい権利

「えっと……」

微笑んでいるカティアさんは、それ以上答えなかった。なぜ、俺はカティアさんの部屋に呼ばれているんだろうという疑問も残るが、聞いても教えてくれないだろう。

「さあ、どうぞ」

「いらっしゃい、ナオーク君」

招かれるままに部屋の扉をくぐると、レーニさんが出迎えてくれた。

「な、なんでレーニさんまで？」

「まあまあいいじゃないですか。さあ、とりあえず適当に座ってください」

いつになく強引なカティアさんは、俺を部屋へと押し込んだ。

「うっ」

俺の腕に手を回したカティアさんのおっぱいが、腕に当たって弾んでいる。

「ナオーク君、今日は凄かったわね」

レーニさんまで俺に身体を密着させてくる。

美女に挟まれておっぱいを堪能できている状況は、とっても幸せなのだが……。

「あ……その、ありがとうございます」

なぜだか、妙な威圧感を感じて身構えてしまう。

「そう緊張なさらずに。ナオーク様は避難所の皆さんを救った英雄なんですから。もっと偉そうにしてもいいと思いますよ」

「そうね。……例えば、わたしたちにエッチな命令をする、とか」

レーニさんは急に俺の乳首を押した。

「あふうッ!!」

弱点の一つを急に刺激された俺は、情けなくも喘ぎ声を上げて、その場にへたれ込んでしまった。

「あ、あら?」

俺のリアクションが意外だったのか、レーニさんは口元を押さえて驚いていた。

「す……すみません俺、乳首が……弱くて」

あんな反応を見せてしまった後に強がっても意味がないので、正直に話してしまう。身体を重ねた経験のあるレーニさんになら、知られてしまっても良いような気がしたのだ。

「げ……幻滅しました?」

「そんなことないわ。むしろちょっと可愛いって思っちゃったもの。カティアさんもそうでしょ?」

「はい、ナオーク様はとっても可愛い方だと思います」

こんな俺を見ていつもと変わらない態度で接してくれるふたりから、慈悲の光が溢れて見えた。

「そんな可愛いナオーク君に、頑張ったご褒美をあげようかしら」

「そうですね、レーニ様」

ふたりにベッドまで運ばれた俺は、縁に座らされた。

「はい、そのままじっとしていてくださいね」

カティアさんは優しく俺の股間を撫で回していく。ほんわりとしたカティアさんの雰囲気からは想像も出来ない艶めかしい手つきに、俺の息子はすぐに反応を示した。

「もっとリラックスして、ね？」

背中に回ったレーニさんは、肩越しに腕を伸ばして俺の乳首を指先で揉み込んでいく。

「ふぅ……！　同時に責められるの……やばいです……！」

「ふふ、そうみたいですね。さっきまでふにふにしてたちんちんが、こんなに硬くなってます」

「明るいところで見ると、一段と凶暴だわ」

「こんな美味しそうなお肉を見せられたら、食べずにはいられません……あむ……」

おもむろに俺のペニスを頬張ったカティアさんは、賢明に舌を動かして、亀頭の味を堪能する。

「んちゅぷ♥　あぁこの味……♥　忘れられません」

「あぁ、ズルいわカティアさん……わたしにも頂戴……」

「ふふ、もちろんです」

愛おしそうに俺の乳首を弄っていたレーニさんは俺の目の前へ移動すると、いきり勃つペニスに鼻を近付け、思い切り息を吸い込んだ。

「すぅ……ん〜……凄く濃いちんちんの匂い……。いつまでも嗅いでいたくなっちゃうわ」

「レーニ様？　匂いだけではなく、お味も素晴らしいですよ？」

「ええ……いただくわ。あむ……あはぁ……」

レーニさんはペニスの硬さを確かめるように何度も甘噛みを繰り返した。唇をしきりに動かして、ペニスのコリコリとした感触を楽しんでいる。

「あはぁ……！　俺のペニス……食べられてるぅ……!!」

「あん……もったいないです、ナオーク様のお汁が……れろ」

ふたりの責めはそれぞれ別種類の快感を与えてくれる。特にレーニさんの甘噛みは、本当に噛まれるんじゃないかというスリルがたまらなかった。それを想像するだけで、がまん汁が止まらない。

「んむ……れむぅれろれちょ……」

「お……ほぉ……っ……!!」

ペニスの先端を舌先で擦り上げられると、自分でも驚くほど震えた声が出た。

「エレレロロ……ぢゅるちゅる……」

カリを集中的に舐めていたと思ったら、カティアさんはいきなり、ものすごい勢いで裏スジを舐め上げた。一気に快感が襲ってくる。

今までの俺なら、そんなエッチな攻撃をされたら問答無用に喘ぎ声を上げていた。だが、数々の性経験を積んだおかげで、なんとか耐えられるまでになっている。

「ふふ、ナオーク様のおちんちん、どんどん成長していますね。でしたら、これはどうですか？

かぷっ……こちゅぷりゅ」

「いぎぃい……!?」

尿道に舌を添え支点にすると、カリに歯を引っかけて上下に頭を動かした。

敏感な場所を固い歯でコリコリと攻められ、否が応でも声が出る。マゾの性だろう。

「ンる……こちゅこちゅレロレロ！」

それに合わせて、カティアさんは尿道を執拗に責めてくる。

「ふふ……」

興奮しているのか頬を赤くしたカティアさんは、瘴気に当てられたときのような表情をしていた。

「わたしも忘れないでね、ナオーク君。んちゅううううう」

カティアさんに気を取られていたことへの嫉妬か、レーニさんが竿へと強烈な吸い込みを行う。

「はふうっ……レッ！　凄い吸い付き……！」

「じゅぷぅううッ！　ぷはっ……。あら、ナオーク君のちんちんに、キスマークついちゃった」

見ると、確かにレーニさんの吸引によって、ペニスの側面に内出血がおこっていた。

「はあっ……！　レーニさん……も、もっと吸い付いて……くれませんか……癖になりそう……」

「もちろん、ナオーク君の頼みなんだもの。断れるわけないわ」

愛おしそうに竿部分を咥え直すと、バキュームが開始される。

「あぁ……！　あぁああ!!」

ツボをぐっと押されたような気持ちの良い圧迫感がペニスに加わっていく。

「あふっ♥　ナオークさんのお汁がどんどん溢れてきて、飲みきれません」

カティアさんは、そんな俺の亀頭をピカピカにするように舐め回す。

「溢れた分は……れろっ、わたしの分ですからね」

そしてレーニさんは、茎の繊維まで吸い尽くそうとするようなバキュームを繰り返している。

「はぁ……!!　あっ……!!　あぁ……」

「んむ……」

「あむっ、ナオーク君のちんちん、すごく震えてる。もう射精しちゃいそうなの？」

ふたりのフェラが絶妙に別々の刺激を与えてくれるおかげで、わりと限界が近付いてきていた。

「うっ……まだ……」

「かっこいいです、ナオーク様」

「でも、無理しないでね。気持ち良くなったら、射精しちゃっていいのよ？」

そうは言っても、ふたりはペニスへの攻撃を弱めてくれる様子はなかった。より素速く舐め回し、より強く吸い付く。

「んちゅる……ちゅる……ちゅぱっ！」

「ぢゅううぅう！　ぢゅるぢゅううう!!」

「ほああ……!!　ああああ!!　も……だ、射精……す！」

もう、限界だった。

「カティアさ、レーニっさ!!　……おっ……俺の……金玉ぁ……金玉っ、責めてくださ……」

「んむ？」

射精するなら、より気持ち良く――！　そんな欲求が頭の中を支配し、俺は無意識にふたりへそう懇願していた。その願いを聞き入れてくれたのはどちらだったか分からない。

だけど確実に、しなやかな指の感触が金玉から伝わってきた。アリーナ様やエルゼとは違い、玉全体を包み込むように掴まれて、ぎゅぅううっと圧迫されたのだ。

「おぐうううう!?　ああああああ!!」

身を削るような痛みを受けて、俺は下半身に溜まった欲望を発射した。

第七話 献身的なふたり

天高く迸った精液は、引力によってカティアさんの顔へとパタパタと降りかかった。

その頬にかかった精液を、レーニさんが舐め取っていく。

「んっ……チーズみたいに濃い精子……美味しいです」

「ナオーク君の精子……もっと欲しいわ」

ふたりのそんな期待に応えたわけではないが、俺のペニスは勃起した状態を維持していた。

「でも、どうせならおまんこの中に欲しいわ……」

「それは良い考えですね」

今度はふたりがベッドへと横たわった。

「ここからが本番ですよ、ナオーク様♥」

「わたしたちのおまんこ、準備万端よ」

ふたりして足を上げ、俺によく見えるようにしてワレメを広げた。

てらてらと光るふたりの肉坪の内側が蠱惑的に誘ってくる。

その光景を見て、我慢出来る男なんて存在しないだろう。俺のペニスは誘われるがままに、温かな穴へと吸い込まれていった。

「あんっ、ナオーク様のおちんちんがわたくしの中に……入ってきます」

まずはカティアさんの膣内へとペニスを埋め込んだ。

相変わらずぴったりと俺のペニスに吸い付き、全体を柔らかい肉で包み込んでくれる。それも回数を重ねる毎に隙間なく、俺の気持ちのいい場所をしっかり刺激できる形に変化している。

「カティアさんのマンコ……すっかり僕のペニスの形になってます……」

「ふふ、ナオーク様のおちんちんが逞しくて、わたくしのおまんこが改造されていった結果です」

可愛く微笑むカティアさんを喜ばせるために、ゆするように腰を動かす。大きな動きではなかったが、それでもカティアさんの膣壁はぴったりとペニスに吸い付いて離れない。

「わたしも忘れないでちょうだい……」

レーニさんは自分のワレメをくちゅくちゅとまさぐっていた。

「すみません、とりあえず今は俺の指で我慢してください」

小さな指の上に俺の指を重ね、レーニさんの指先を操ってワレメを擦らせた。

「んんっ……はぁ……」

自分の手でされるのがもどかしいのか、レーニさんは逆に、俺の手を使ってワレメを擦りだした。

「ナオーク君の指ぃ……ゴツゴツしてですごく気持ちいいわ」

俺はそれを見届けると、カティアさんのマンコを味わうことに集中する。

慣れたもので、俺は軽快に腰を動かす。

「んんっ！　あんんっ！　お腹の中、ナオーク様で満たされてます！」

俺が動いたことでしっかりと快楽を感じてくれているのか、カティアさんは満足そうに表情を弛緩させている。

膣の感触を味わうようにゆっくりと動かして、カティアさんのマンコを柔らかくしていく。

「んっ、んっ、ンッ!!　んっあ……」

カティアさんが油断しているようなら、容赦なく腰を速めたりして不意をついたりも、出来るようになっていた。

「あああ！　な、ナオーク様ッ！　それは意地悪です……！　そんな緩急をつけられたら、おまんこ汁どんどん溢れちゃいます！」

「本当ですね。ネバネバした透明な体液が、穴の隙間からトロトロ零れてます」

「んんあ！　おまんこのふち……撫でられて、ぞくぞくきてます！」

空いている手で結合部分を丹念になぞると、カティアさんは途端に息を荒げさせた。余裕のなくなった彼女の隙をついて、一気に子宮へとペニスを押し込む。

「あ、だ、ダメ！　ダメです!!　頭真っ白にな……んんんんっ!!」

カティアさんの膣壁が痙攣したかと思うと、ふっと力が抜けたのが分かった。

「イっちゃいました？」

「はっ……はい。おまんことろとろに溶けてしまいました……」

ぷるぷると全身を震わせながら、カティアさんは吐息を漏らした。

「そうしたら、一度お預けです」

ずるりとペニスを抜くと、カティアさんは名残惜しそうに愛液で濡れたペニスを両手で掴んだ。

「も、もう少しだけお願い出来ませんか」

「ごめんなさい、ちょっとだけ我慢してください」

それでも諦めきれないカティアさんの手を放させるため、俺はプルプルに充血したクリを親指でグリグリと、ちょっと強めに刺激を与えた。

「おひいっ!!　クリトリスでイぐううう!!」

痺れるような快楽に襲われたカティアさんは腰を激しく跳ねさせ、涙を流しながら絶頂を迎えた。

ただし、クリへの刺激は続けることにした。

そのかいあって、掴まれていたペニスは自由を得ることができた。

「お待たせしました、レーニさん」

「はっ……早く奥まで突き入れて！」

俺の指を使って慰めていたレーニさんの性器は、待ちきれないようにパクパク開閉している。そこへペニスをあてがうと、ディープキスを求めるように亀頭の先へと吸い付いてきた。

「慌てないでください」

亀頭で入り口をぐりぐりとほぐしていく。すると、小さめなびらびらが飛び出してきた。俺はおもむろにそれを摘まみ、くいっと引っ張ってみた。

「あひぃんっ！」

弾力のあるヒダをぷにゅっと折り曲げたりして、弄ぶ。そのたびにレーニさんは喘ぎ声を漏らした。

「んんんっひいッ!!」

「それじゃあ、入れますね」

これ以上待たせても可哀想だと思い、俺はずっぷりとレーニさんのクパクパマンコに突き入れた。

貫いた瞬間から、レーニさんのマンコはしっかりとペニスを気持ち良くさせられるようになっていた。あの独特な、膣口から奥へ向かって搾りとるようなシゴキを味わえるほどに、だ。

キンキンに冷えたビールのように最高な状態で、俺のペニスを出迎えてくれたのだ。

「おっ……ふぅ……レーニさんのマンコ……きっつぅ……!!」

ひたむきに射精を促すその蠢きに耐えながら、俺はレーニさんの膣内を抉っていく。

「んはっ！　あっ！　ナオークくっ……んんっ!!」

レーニさんのマンコは、レーニさんが興奮すればするほど、気持ちよさが増していくタイプだ。

それはつまり絶頂に近付くほど感度が増して、俺の精液が搾り取られる可能性が高くなるということ。

「あひっ！　そんなっ！　激しくぅうう!!　っっあああ!!」

なるべくその膣内の変化を意識しないように激しく動けば、最高の膣に狂わされることなく、じっくりとレーニさんを気持ち良くしてあげることが出来るはず。

「はあっ！　はぁっ！　どうですかレーニさん、おまんこ激しく突かれるのは！」

「おぐうぅ！　しきゅぅ～潰れるくらいゴンゴンせめられてぇ!!　何も考えられなくなりそう!!」

必死の工夫は成功した。わずかにキツさが感じられるものの、それ以上にレーニさんを追い詰める。

「んひぃいい!!　ら、らめぇ!!　も……そっ！　そんな深くされたら、すぐにぃ……!!」

出来るだけスムーズに、それでいて速く、レーニさんの奥へ奥へと突き進む。レーニさんはその衝撃に耐えきれなかったようだ。頭を左右に振ったり、背筋をピンと反り返してみたりと、快楽を逃がそうと必死にもがいている。

「あんんっ！　あふあああああ!!　なほっ！　なほーきゅきゅうううん!!」

だけどそれも、あまり意味を成さなかった。

「いやぁ……！　なっ、何も考えられなくなっちゃう！　ナオーク君に子宮叩かれへ真っ白になっらぅ!!　おおっ!!　ほあああ……」

びくりびくりと何度も身体を跳ねさせる。

「ふぅ、ふ～……」

いつまでも吸い付いて放さないマンコから、強引にペニスを引き抜いた。

「ごひっ！」

圧力がかかっていたせいで、きゅぽんっ！　と盛大な音が鳴り、続けて膣の中に溜まっていた空気がブボボボボと排出された。

乱れた状態でなければ顔を真っ赤にして恥ずかしがっただろうその恥ナラも、子宮アクメがキマッたレーニさんは、目を白黒させるだけにとどまっている。

「あ～……」

俺は俺で、息を荒げてベッドに横たわるふたりの女性を見下ろしながら、ある感動を覚えていた。

一度も射精することなく、ふたりの女性を絶頂させることが出来た。それが、なんだか少し誇らしく思えたのだ。

俺のペニスもその偉業を成し遂げたことが嬉しいのか、お腹に張り付くほど反り返っている。

（まだ……まだイケる）

両手でカティアさんとレーニさん、それぞれのおっぱいの感触を楽しみながら、戦意が高まっていくのを感じていた。

第八話
ナオークの男らしさ

ペニスがお腹に当たる音を立てながら、威嚇するようにベチンベチンと大きな音を鳴らす。

「おふたりとも、この音が分かりますか？　俺が、ふたりにすっごく興奮してる音ですよ」

声を掛けるとふたりは、頭だけを起こして俺のペニスへ視線をよこした。

「はぅ……ぁ……」

「んはっ……すごっ……」

俺のペニスを見たふたりは、満身創痍であるにも関わらず、表情をとろけさせる。

「アリーナ様たちとやってるときでも、こんなに元気になったことないですよ」

正確に言えば、ここまでなる前に俺が乱れに乱れて射精してしまうだけなんだけど、そんなだらしないことは言わないでおく。今ここで重要なのは、俺のペニスが最大限に勃起していることだ。

「あぁ……凄いです。こんなに脈打って……。その立派なおちんちんが、わたくしたちの膣内に、入ってくるのですね。想像しただけで、イってしまいそうです……」

「これ以上めちゃくちゃにされるなんて……。乱暴ね、ナオーク君」

ふたりの準備も整っているようだ。

本当に、一度に相手に出来ないのが申し訳なく思えてしまう。だからこそ、彼女たちを全力で満足させるために、動き出す。

お腹に張り付くペニスを押し下げ、レーニさんの中へと埋め込んでいく。

「はうっ！　あああんっ！」

羞恥を投げ捨てたレーニさんの喘ぎ声が、お腹に響く。

膣の中も先ほどの行為の余韻が残っていて、きゅうきゅうと必死にペニスを締め上げてくる。レーニさんの膣の動きに負けないよう、ペニスを擦りつけていった。

「うっ！　ナオーク君のペニスが、中から押し上げてきてる！」

脈打つペニスはレーニさんの膣の中に入ってなお、俺のお腹にくっつこうと跳ね続けている。

「俺のペニスがレーニさんの膣壁、ゴリゴリしてますよ。分かりますか？」

「うぅん！　ああっ！　わかっ、分かる！　亀頭がわたしのおまんこっ!!　広げてるの分かるっ！」

「あぁ、レーニ様がこんな表情をするなんて……。さすがナオーク様。わたくしもおあずけされて、どんどんおまんこ柔らかくなってきてます……」

自分のワレメをくちゅくちゅと弄りながら、カティアさんはレーニさんの唇を奪いその中身を味わいだした。

「あむっ……カティアさ……ちゅ。そんな、あむっ、いきなりキスなんて……あっちゅむ」

「んちゅ……ちゅぱっぷちゅぅちゅくっ。レーニ様はんちゅ……身体を楽にしてナオーク様のおちんちんに集中してください……」

そんなことを言いながら、カティアさんはレーニさんの乳首をくにゅくにゅと弄り始めた。

「か……カティアさっ、はぁん!!　乳首……敏感になって……へぁっ!?」

「んちゅっ、レーニさんの乳首、おっきくてコリコリしてて……弄りがいがあります」

「や、やめ……んへぇ!!　そこ……だめへぇ……!!　コリコリしちゃ……だめぇ……!!」

「ナオーク様。レーニ様のおまんこの具合はどうですか?」

「凄く……良くなってます……。さっきまでとは比較にならないくらい……柔らかいのに……ぎゅうぎゅうに締め付けてきます……!」

カティアさんが乳首を弄りはじめた瞬間から、レーニさんの膣の収縮が加速し始めたのだ。

「イッたから全身が感じやすくなってるんですかね?　さっきまでとは全然反応が違います」

乳首を弄られて我を忘れたように頭を振るレーニさんに、俺は容赦なく腰を振る。

「んひぃ!!　あっあっあっ!!　もう何がなんだかぁ!　分からないぃ!!　乳首もぉ……おまんこもぉ……気持ちいいことしか考えられないぃ!　わたしに刺さったちんちんのことしか考えられなくなってるのぉ!!」

「くっ……それで良いんですよ。レーニさんはもっと俺のペニスのことだけ考えるようにしてれば、大丈夫です!」

盛った猿みたいに腰を打ちつけると、レーニさんはその刺激に極端な反応を示す。快楽だけを貪るような、野蛮なセックス風景が、そこにはあった。

「カティアさん、待たせちゃってすみません。よければ、俺の乳首も弄ってくれませんか……」

「ふふっ、ナオーク様ったら。仕方ないですね。こう?　それともこんな感じですか?」

レーニさんにやったようにコリコリと俺の乳首を弄った後、潰すように揉みしだく。

「んっ……はぁ……揉むほうで……お願いします……くっ、すごく気持ちいいです」

乳首を弄られながらぎゅっと締めつけてくるマンコを責めていると、もう射精してしまいそうだ。

尻に力を入れ、レーニさんをもう一度絶頂させるために腰振りに集中しようとしていると……。

「あら、なんだかまだ物足りなさそうですね……。では、こんなのはどうでしょう」

俺の乳首を弄っていたカティアさんが、唐突にその乳首を口に含んできた。

「え……？　あひっ!!」

湿った肉塊がちょんちょんと乳首を突き、かと思えばべったりと舌を密着させた後、ずるりと舐め上げたりと、快感を押しつけてくる。

「か……カティアさん……そ……」

「ナオーク様はこういうのがお好きだと思いまして……れろっ」

「つんふぅぅう!!」

「ダメですよナオーク様。気持ちいいことに気を取られて、レーニ様をないがしろにしては。もっと腰を振ってあげてください」

「はぁ……はぁ！」

言われるがままに俺は腰を激しく振る。

「あああああ!!　いやぁああ!!　おっ、おまんこはじけ……るぅぅう!!」

「お……俺も射精……我慢出来ません!!　乳首弄られて、レーニさんの膣内に……だします!!」

「ナオークくぅん!!　一緒に……いっしょにイキま……しょおおおほっぉおお!!」

「うっくぅう!!　デるぅう……!!」

金玉に溜まっていた精液が、レーニさんの子宮に叩きつけられた。

「んはああ!!　子宮にあっつい精子当たってるぅう!!　んおおお……!!」

絶頂したことで股間の力が抜けたのだろう、レーニさんは黄金の水を漏らしてしまった。温かな子宮を押し込むように、奥深くペニスを押し込んでいたために、結合部分に黄金水が溜まっていく。

「あへ……へへぇ……おしっこ……漏らしてしまったわ……あひ……んんっ……！」

排泄水の温かさの名残を惜しみながら、俺はレーニさんからペニスを引き抜いた。

その途端、ビタンッ！　と大きな音を立ててペニスが腹へと叩きつけられた。一度の射精では、まだまだ満足出来そうにない。

「ちゅぱっ。ナオーク様……どうぞ、わたくしのおまんこをお使いください」

俺の乳首から口を離したカティアさんは、人差し指と中指を使って広げて見せる。

「わたくしのふわふわマンコ、お使いください」

「は……はい」

俺はカティアさんの優しさに甘えて、射精したばかりで敏感になっている亀頭をワレメへと挿入していく。何度入れても、カティアさんのマンコは変わりなく俺のペニスを飲み込んでいく。

「はぁ……！」

カティアさんの膣内は火傷しそうなほど熱くなっている。その肉がぴったりとペニスの形に張り付き、ゆっくりと俺のペニスを覆う。

「乱暴に動いても構いませんので……ナオーク様の好きなようにしてください……。わたくしのオマンコは、全てを受け止めてみせますので」

「うっ……うおお!!」

その言葉に、俺は思わず全力の一突きを繰り出してしまう。

「うぐぅうう!?」

ぼこりとお腹が俺のペニスの形に歪み、カティアさんは苦しそうに息を吐いた。

「あっ……！　す、すみません！」

「だい……じょうぶですよ。ナオーク様、わたくしが、全部受け……とめますので……んひんっ!!

もっと乱暴にしても……大丈夫です!!」

俺は……こんな乱暴なセックスをしたいわけではないのに……腰の勢いがどうにも止まらない。

オークの性か、それとも俺という人格の本心か……。

「す……すみません!!」

謝ることしか出来ずに、罪悪感に苛まれながら俺は更に腰のスピードを上げていく。

「子宮っう!!　ナオーク様のおちんちんに叩かれて!!　喜んでます!!」

「うううぅうっ……!!」

一度射精してしまったペニスだったが、カティアさんの包み込むようなマンコで高速ピストンを
繰り返していくうちに、眠れる獣が目を覚ます。

もう何度目か、子宮に叩きつけた亀頭が、竿が、一回りも二回りも急激に肥大する。

「おぐぅう!!　ナオーク様のおちん……ちんが!!　わたくしのおまんこを占領してますぅ!!」

「もう我慢出来ないです!!　俺の精子……食らってください!!」

ぐいと、最奥に突き入れられていたペニスを、さらにカティアさんの中へと食い込ませる。

「おひいい!!　子宮潰されてイグぅうう!!　イッちゃいます!!」

電流が走ったように、カティアさんは身体を跳ねさせた。

第九話 戻った平穏

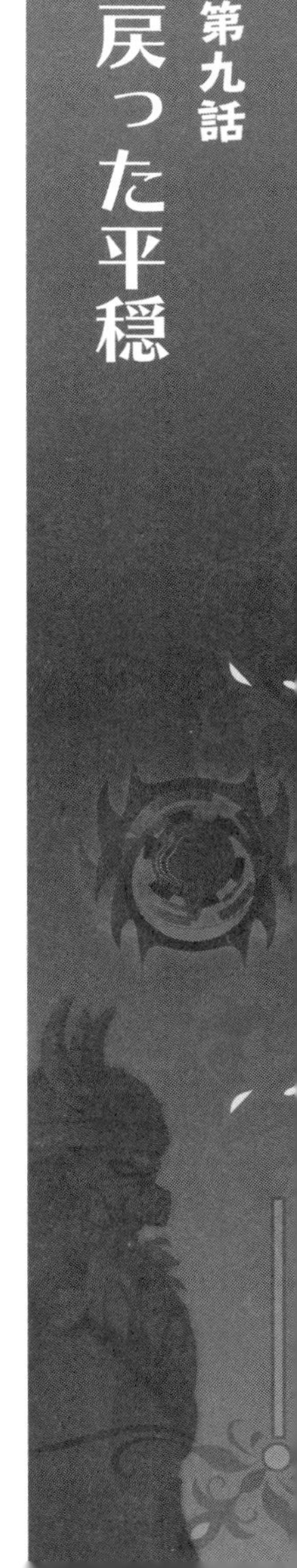

「はぁ～……うぅ……」

無限に湧き続ける欠伸(あくび)を、俺は噛み殺した。朝まで動物のように性行為に励んだ影響だ。

「大丈夫ですか、ナオーク様」

「つい数時間前まで激しく運動してたんだもの、疲れちゃうわよね」

カティアさんとレーニさんも、俺と同じかそれ以上に激しく乱れていたはずだ。その彼女たちにまで心配されてしまうほど、俺は憔悴しているらしい。

「ははは……なんとか大丈夫です」

彼女たちをよく見ると、疲れているどころか、肌がつやつやと輝いているようにも見える。

「それより、今日も皆の治療に励みましょう。もしかしたら戦闘で怪我をした人とかも来るかもしれませんしね」

「その心配はないわよ!!」

真後ろから、俺の言葉を否定する力強い声が響いた。

振り返るとそこには、傷一つない鎧を身に纏った、アリーナ様の姿があった。

「アリーナ様!?　ど……どうしてここに……？」

まだ数日と離れていないにも拘わらず、その声と姿はとても懐かしく思えて、なんだか視界が霞む。

「決まってるでしょ。魔物を一掃出来たから、あんたを迎えに来たのよ。なによ、みっともない顔して」

呆れた顔で肩まですくめたアリーナ様は、当たり前のように俺の元へと歩いてきて、力強く背中に張り手を食らわせた。

「いてて……あはは、すみません」

「……ん？　あんた少し見ない間に、男らしくなったじゃない」

「そ、そうですか？　別に、これといって変わったつもりはないんですけど……。そんなことより、戦いが終わったって」

「まあね、あたしとエルゼにかかればこんなもんでしょ。詳しい話は後で。エルゼが勝ち鬨を上げるから、あんたを呼んでこいってうるさいのよ」

「わ、分かりました。すぐに行きます」

「あっ、カティア、避難所にいる人たちも呼んできて！　この後、宴を開くのよ！　エルフの里からお酒とか料理とかいっぱい届くみたいだから、出来るなら怪我してる人たちも来て欲しいのよね！」

伝えるだけ伝えたアリーナ様に強引に手を取られ、エルゼの元へと引っ張られていく。

「は、はい！　お任せください！」

「ご、ごめんカティアさん！　よろしくお願いね！」

俺は、アリーナ様の無茶な要求に——半ば勢いで——頷いたカティアさんに声をかけ、引きずられていった。向かった先は町の中心だ。そこには多くの兵が集まっている。そこにいる全ての人が笑い合いながら、勝利を喜んでいる。

「遅かったな、アリーナ」

「ごめんごめん、久しぶりに羽を伸ばせる時間が出来たんだから、ちょっとくらいはいいじゃない」

「ふむ……確かにな。どっちみち、お前がいないと皆も納得しないだろうしな」

「そうでしょうね。なんてったって、この戦いの功績者だからね」

どうやら魔王軍の侵攻を止める直接的な勝因を作ったのはアリーナ様だったようだ。腰に手を当てて胸を張っている。

「私がその場にいれば、デュラハン程度、もっと早く消し飛ばしていたのだがな……」

エルゼが珍しく悔しそうな顔をしている。どうやら戦いの最中に、ふたりの間で別の勝負が行われていたようだ。強襲されたにも関わらず……こんなにも余裕で戦えるその実力に舌を巻くばかりだ。

というか、デュラハンがこの町に差し向けられていたのか……。普通の戦力では、そいつ一匹だけで壊滅していただろう程の強敵だ。魔王軍はよほどこの町を掌握したかったらしい。

……それを無傷で倒すアリーナ様も、戦えなくて悔しがるエルゼも、やっぱり異常だ。

「みんなー！　お待たせー!!」

アリーナ様が、談笑で盛り上がる兵たちに向けて拳を突き上げた。

声を聞いて、怒号のような歓声が上がった。アリーナ様は盛り上がる兵たちに向けて饒舌に語り始める。そんなアリーナ様を見て、呆れたように首を振ったあと、エルゼがふと顔を上げた。

「そういえばナオーク、町民たちを支えてくれて助かった。大変ではなかったか？」

「全然そんなことなかったですよ。こんな俺なんかの治療を素直に受けてくれる良い人たちでした」

「お前の人柄あってのことだろう。疲れているんだろ？　アリーナの熱弁が終わるのも、酒が届くのもまだ時間がかかるだろう。しばらく身体を休めておけ」

それとは別の理由ではあるが、確かに疲れているのは確かだ。

「そうですね……」

俺はその言葉に頷いて、その場に座り込んだ。すると、すぐに眠気が襲ってきた。うとうとと船を漕ぎまどろみに身を任せた。

※　※　※

「……ーク。ナオーク！　起きなさいよ！」

ガタガタと乱暴に肩を揺すられて、驚きで目を覚ます。すると目の前には、ドアップのアリーナ様の顔があった。

「やっと起きたわね！　エルフの里からお酒と料理が届いたわよ！　あんたも早く来なさい！　一斉に乾杯するんだからね！」

「ふぁ……ふぁい……」

驚きやら寝惚け眼やらで混乱しながらアリーナ様についていくと、大きなテントの下に酒樽や酒瓶が無造作に何十個も置かれていた。

「ナオーク、あんたは何飲む？　まさかオレンジジュースとか言わないわよね。あ、この蒸留酒が良さそうね！　あんたもこれにしなさい！」

美味しそうなものを見付けたのか、瓶に入ったお酒を一つ、放り投げてきた。

「うわっとっと!!　危ないですよアリーナ様！」

「ちゃんと取れたんだからいいじゃない。ほら、エルゼ様の有り難い挨拶が始まるわよ」

「諸君！　このたびの戦いはご苦労であった！」

お酒を片手にざわついていた兵士たちが、エルゼの言葉に耳を傾ける。

「敵の急な襲撃に、はじめは遅れを取ったが、結果を見ろ！　相手の大将首を取っての大勝利！　被害も少なく、これ以上ない勝利と言えるだろう！　そこで、本日はささやかながら宴を開かせてもらう！　さあ、堅苦しい挨拶を長々するつもりはない！　存分に飲んで！　騒ごう！」

エルゼは酒杯を手にした片手を高々と上げる。それに呼応して、集まった全ての人間とエルフが乾杯を行った。

「さ！　飲むわよナオーク！　んぐんぐんぐ！　ぷはー！」

アリーナ様は手に持っていた酒瓶の中身を一瞬で空にする。

「アリーナ様、ペースが早いですって！」

「何言ってるのよ、これくらい——ちょっとエルゼ！　あんたもこっちに来なさいよ！　飲み比べするわよ！」

アリーナ様はさっそく、酒を片手にふらっとやってきたエルゼに絡んでいく。

「うむ、望むところだ！　——と言いたいところなんだが、町長殿や兵長などに挨拶しなくてはいけなくてな。すまんがまた後にしてくれ」

「なによ、つれないわね……」

「ナオーク、こいつのことをしっかり見ていてくれ。こいつは酒癖が悪そうだ」

こっそりと俺に注意を促して、エルゼは立ち去っていった。

「あはは!!　ナオークほら、お酒が空になったわよ！　お酌しなさいお酌！」

「はい、どうぞアリーナ様。でも、ちょっとは抑えたほうが良いですよ……」

「わーかってるわあよ！　ほらはやくしなさいよ！」

アリーナ様は、まるで水のようにお酒を摂取していく。辺りには空になった瓶や樽がどんどんと積み重なっていった。

「ろうしたのおナオークあんまり飲んでないらないの！　ほれほれぇあたしの手酌よ呑みあさい！」

強引に俺へお酒を渡してくる勢いに負け、俺もちびちびとではあるがお酒を入れていく。

「あ、どうもどうも。ありがとうございます。美味しいですよ～」

「そうれしょ～！　あはは！　あはっ……おえっ……」

アリーナ様は、まったく唐突に、やばそうにえずく。

このまま呑ませておけば、大惨事になってしまう。

「もう……しょうがないな……アリーナ様、ほら、そろそろ止めときましょ」

俺はぐでんぐでんになって目が据わったアリーナ様をおんぶして立ち上がった。

「あたひあまらいけるあよ～」

「そうですね……はい、お水ですよアリーナ様」

小さなコップに入っているお水を一口だけ飲ませると、今日割り当てられた部屋へとアリーナ様を送っていく。

「おえっ……」

道中、普段はあまり見られないへべれけアリーナ様を見られて、嬉しくなっていたりした。

第十話　酔った勢い

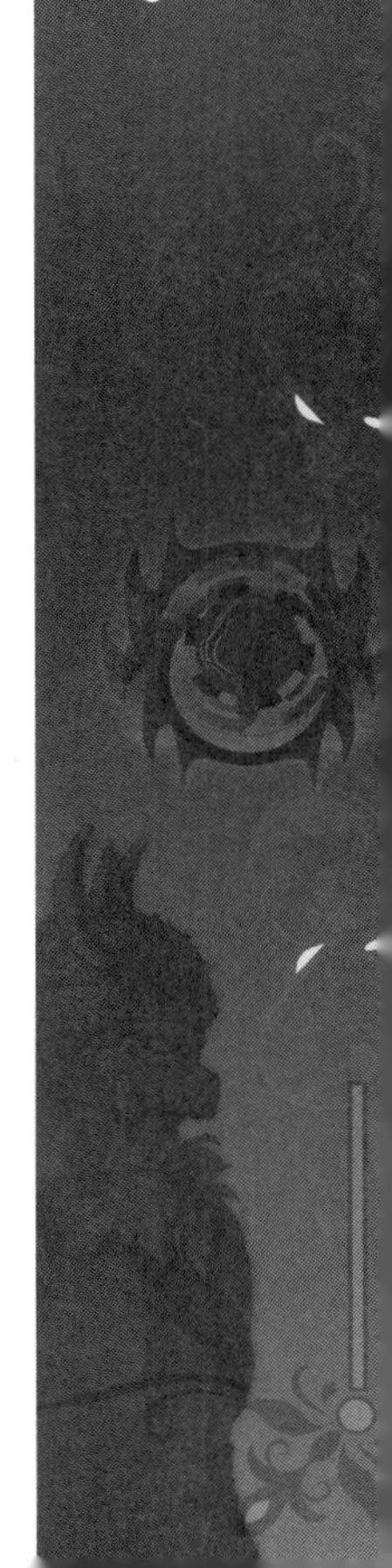

「よっこらせ……ふぅ」

アリーナ様を部屋のベッドまで運ぶと、ゆっくりと寝そべらせた。

「うー……」とか「うえー……」とか言いながら、アリーナ様はベッドの中を転がる。

「もう少しお水飲みますか？」

「うぇー……」

苦しそうな声を漏らすアリーナ様。これは回復するまでだいぶ時間がかかるかな。天下の騎士様もお酒には形無しだ。

「ナオーク……こっち来なさい……」

お酒のせいで顔を真っ赤にしたアリーナ様が両手を広げて俺を呼ぶ。

「どうしたんですか？」

「あたしはね～……今回すっごくがんばったんだからね……」

「そうですね、分かってますよ」

「だったらはぁくあたしを労いなさい！　はぁくぎゅ～ってしなさいって言ってるの！」

ジト目でハグを催促するアリーナ様の可愛さにやられて、俺は力強く彼女を抱きしめた。

「えへへ……ナオークの匂いがするわ……」

胸に顔を埋めたアリーナ様は深呼吸をして、さらに猫のようにほっぺたをこすりつけてくる。

「しばらく会えなくて寂しかったんだから……」

「俺はこんなに早く会えるなんて思ってなかったです。こんなに早く魔王軍を退けるなんて、流石アリーナ様です」

ちょっと迷ったが、俺はそっとアリーナ様の頭を撫でた。すると、少しだけ入っていた肩の力がふっと抜け、アリーナ様は身体を俺に預けてきた。

俺を信頼してくれて、無防備な姿を晒してくれるんだと思うと、とても嬉しかった。

——ただ。

(こう密着されておっぱいが当たると、ムラムラしてきちゃうんだよな)

弾力のあるアリーナ様のおっぱいが俺のお腹に当たり、アリーナ様の呼吸に合わせて跳ねているのだ。それに、アリーナ様からとっても良い匂いが漂ってきている。

自然と、俺のペニスは隆起してしまった。

「もう……仕方ないわね。でも、久しぶりだから……許してあげるわ。ほら、可愛がってあげるから、おちんちん出しなさい」

「すみません……」

「なに謝ってるのよ……」

粗末なズボンを下ろして、恥ずかしげもなく勃起したペニスをアリーナ様に捧げた。

「それで、どうしてほしいの？」

期待で膨らんだペニスを目にした途端、アリーナ様の雰囲気ががらりと変わった。完全に酔いが覚めたようだった。

「おちんちん……手で絞ってほしいです……」

ペニスをつんつんと指先で弄っていたアリーナ様は、俺の希望を聞くと、侮蔑したような視線を送ってくる。

「そうなんだ。でも、あたし今日は疲れてるから手とか使いたくないのよね。そうね、あんたのおちんちんなら、コレで十分でしょ」

もぞもぞと身体の位置を調整したアリーナ様は、足で俺の股間をロックオンした。

「喜びなさいよナオーク。あたしの足で気持ち良くさせてあげてるんだから」

俺のペニスは両足でぐむぐむと挟まれている。

「どう？　あたしの足の裏の感触……」

「は……はい……すごいすべすべで、亀頭が擦られるたびにジンジンしてきます……」

頭の裏が熱くなるような感覚と共に、ペニスの先からとくとくと透明な汁が流れ出した。

「おちんちん足で掴まれて、がまん汁も溢れさせてるじゃない。あんたって本当に、生粋のマゾね……」

ペニスの先からあふれ出る俺の汚い汁が、アリーナ様の足を汚していく。

「それじゃあ、こんなことしたら、どれくらい喜ぶの……？」

足の指をがぱりと広げると、その間にペニスを挟み込んだ。

「うっ……あっ……」

指と指の間はとてもキツく、少しでも動かされたら……強大な快楽がもたらせられることが予想出来る。

「それ♪」

心の準備が整わない間に、足を下にズリ下ろされた。

「おふぅっ!!」

キツい指の合間でカリ首から竿までを一気に擦られると、皮がピンと引っ張られ、痛みの一歩手前のような絶妙な気持ちよさに襲われた。

思わず、ぷぴゅると少しだけ白濁したカウパーが発射されてしまった。その液体がアリーナ様のスネまで飛び、細く美しい足を汚した。

「……まったく、あたしの足を汚い体液で汚すなんて、まだ躾が足りないってわけ？　あたしが許可してないのに、なに射精してんのよ」

「ぁ……いやこれは……射精じゃ……」

「あたしに……口答えするの？」

足の指に、ぎちりと力が込められた。万力のような圧力で締めつけられたペニスが悲鳴を上げる。

「いぎぃ!!　ぁぃ……!!　いづぅ……!!　ぐぅう……ペニスっちぎれぇ!!」

「止めて欲しい？　でも、あんたがだらしなくおちんちんビクビクさせて体液発射させちゃうからいけないのよ？」

「で、でもぉ……!!」

「口答えしない」

足の指の力が更に強まり、ペニスが圧迫されて一回り大きくなった。それに加えて、アリーナ様のもう片足の親指でつつかれ、なぶられ、弄ばれる。

「さっきよりがまん汁に混じってる精子の量が増えてるんじゃない？　もしかして、おしおきで喜んでるの？　もしそうなら、もっとキツいおしおきしなくちゃいけないけど……」

執拗な亀頭への刺激を、歯を食いしばりながら耐える。

(でも……もう！　で……射精る！)

「あ……アリーナ様!!　もうっ、限界……で」

「……。ふふ、必死に耐えてるあんたに免じて、これ以上は勘弁してあげるわ」

ぱっとペニスを締め付けていたアリーナ様の足が、唐突に離された。

「え……あっ……そっそんな」

締めつけから解放されたペニスはビクビクと脈打つが、それだけでは射精までに至らない。

「どうしたのナオーク、お仕置きから開放してあげたのに、そんな絶望したみたいな表情して」

「あ……アリーナ様……お、お願いします。射精……させてください……」

俺は自然と漏れた苦しげな声で懇願していた。

その願いを聞いたアリーナ様は、道ばたに転がるゴミを見るような視線を俺に送ると、少しの間だけ、視線を左に流して何か思案した。

「ふふ、ダ～メ♪」

満面の笑みを浮かべてアリーナ様は俺の懇願を一蹴した。

「何度言えば分かるのよ。許可を出すのはあたし、あんたはあたしの言いなりになっておちんちん汁我慢してればいいのよ。次我慢出来なかったら……」

フリーになった両足の片方を睾丸へ、もう片方を竿にべったりと付けて、アリーナ様は宣言した。

「あんたの金玉蹴り潰して、おちんちんへし折るわよ？」

その声からは、酔っ払っているとは思えないほどの本気が窺えた。

「すっすみません……」

「それじゃあ、続けましょうか」

さきほどよりもソフトなタッチでアリーナ様の足裏がペニスを擦る。やさしく洗われているような、柔らかな愛撫が始まった。

「気持ちいいでしょナオーク」

「は……はいぃ……うっ……くぅ……んっ!!」

アリーナ様の言うように、確かに気持ちが良い。だけど、許可なく射精したら生殖機能を失うリスクを背負わされた俺にとっては地獄でしかなかった。

「ひっ……！　あっ、アリーナ様！　頭痺れて……！」

ゆっくりとした愛撫に、何度も限界を感じて射精しそうになる。そのたびに腰にぐっと力を入れて我慢する。

「ほらほら、まだまだ耐えられるでしょ？」

「んぐっ!!　あぐっ……!!　ひっ……ぐぅ!!」

それでも我慢出来そうにないときは、頬の肉を噛み、痛みで射精を我慢した。

「よく我慢出来たわね。そろそろこの体勢もキツいし。射精しちゃってもいいわよ」

「んっ……!!　あふぁああ!!　そん……そんな……ひっひどい……です!!」

アリーナ様は許可を出した途端、ペニスへの一切の刺激を停止した。

「あっ……！　あひっ！　アリーナ様!!　ペニス!!　刺激して……!!」

「仕方ないわね……今回だけよ？　それじゃあ――」

気合いを入れて息をはいたアリーナ様は、屹立するペニスに、勢いよく足を叩きつけた。

「おぐうううう!!」

肉と肉がぶつかる、ギリギリの音が響いた。激しい痛みに襲われながら、俺は絶頂をむかえ、大砲のように精液を吐き出した。

「おっ……がふっ……あぃ……ぎ……」

本当にやばい一撃を受けた影響で、目の前がチカチカと明滅し、うめき声を漏らす。

「あは……良い声で鳴くわね……」

アリーナ様は俺の苦しむ姿を見て、恍惚の笑みを作った。

「おちんちん潰れても、ナオークならまだ大丈夫よね？」

第十一話　たとえ足蹴にされたとしても

痛みでズグンズグンと脈打つペニスは、萎えるどころかさらに硬度が増していく。

「いけるみたい……です」

アリーナ様は俺の言葉を聞いて満足気に頷くと、ごろりと身体を動かして四つん這いになった。

「まだちょっと濡れ足りないから、特別にほぐさせてあげるわ」

お尻をぐいと持ち上げ、アリーナ様の尻の穴からぷっくりと膨らんだワレメまで、恥ずかしい場所をおしげもなく晒してくる。俺はアリーナ様に言われるがまま、その魅惑のスジに指を這わせた。

「んっ……」

指がつぷりと沈み込むが、アリーナ様も言っているように少しきつい。第一関節ほどまで沈み込むが、それより奥は潤滑油が足りないようで、なかなか指が入っていかない。

膣壁をタップしたり、ぐりっと回してみたり。ゆっくりと押し広げていく。

「あっ……んあ……はぁ……んっ」

俺の指の動きに合わせて、アリーナ様は嬌声を漏らしてくれている。

「はぁ……はぁんっ……!! お……おまんここじ開けられてく感じが……するぅ……」

珍しく俺に責められる形となったアリーナ様は、余程恥ずかしいのか、ベッドに顔を押しつけている。普段見せないような反応に、こちらまで恥ずかしくなって顔が熱くなってくる。

「うふっ……ま……まだまだ……そんなんじゃ……あふっ……あたしは落ちないわよ。もっと上手くやりなさいよ……んっ!!」

「す……すみません！」

確かに、中をかき回すだけじゃ芸がない。俺は空いている手で、土手を挟み込む。

「んんっ!?」

それだけで、アリーナ様の反応は劇的に変わった。明らかに余裕がなくなったようにお尻の穴がピクピクと痙攣した。

(……これならいけそうだ)

ビラビラを捲り出すようにワレメを擦りながら、親指の腹でクリを捏ねた。

「んんぅ!!　お……」

流石のアリーナ様も唐突なクリへの刺激に身体を強張らせた。

「ど、どうですか」

「さっきよりは……マシね。ちゃんとほぐせてるから、一応は及第点をあげるけど……あふぅ！」

どうやらちゃんと気持ち良く出来ているみたいで、一安心。

「良かったです」

「んっ……気を抜かずに……あっ……やりなさいよ」

少しずつ愛液が滲みだしたことで、俺の指がさらにアリーナ様の中へと沈み込んでいく。

膣のヒダを丁寧になぞると、中がビクビクと痙攣し、愛液がさらに溢れ出してくる。

「んああ……おおっ……うんっ……あああああ!!　んふぅぅ!!　いぃい!!」

もう一本の指を膣の中に差し込み、かき回す。ぐちょぐちょになったマンコは適度にほぐれて、ペニスを受け入れる準備が完了した。

「ふーっ……ふっー……」

「それじゃあ……入れますね……」

荒い息を吐くアリーナ様に囁き、俺は痛みが引き始めたペニスを中へと突き入れた。

「ふぅうっ……!!」

俺のペニスは難なく入り込み、アリーナ様の最奥へと到達した。

「あ……あんたのおちんちんが……お腹に詰まってる……」

「アリーナ様の膣内も……ねっとりして、ペニスに絡みついてます……！」

びっしりと敷き詰められたヒダが、カティアさんとは違った密着感だ。

「それじゃあ、動きますね……」

アリーナ様のヒダヒダを存分に味わうように亀頭をこする。一往復するごとに一つ一つのヒダがカリを弾き、足が砕けそうになる。

「んんっ……あんっ……すごっ……!!　ナオークのおちんちんお腹にずんずんくるぅ……!!」

俺の腰使いに我慢が出来なくなったのか、アリーナ様はお尻を押しつけてくる。

「あふぅう……カリがヒダを引っ搔いて……頭おかしくなりそう……!!」

「俺に任せて……頭真っ白にしちゃっても……いいですよ……」

「んふぅ……あ……はっ、生意気ね……。あたしがやらせてあげてるってこと、忘れないでよね」

はじめて主導権を握って、ちょっと強気になった俺をアリーナ様はたしなめる。

「分かってます……。それでもアリーナ様を喜ばせられるならって思うと、嬉しくて！」

「だったらもっとしっかり腰を振りなさい……」

「は……はい！」

俺はさらに腰の動きを速めるために、アリーナ様の背中へのし掛かるように体重をかける。ちょっと重いかも……と心配になるが……。

「んぐっ!!　おふあっ……!!　ああああっぁ……！　あんぅ!!」

どうやら問題ないようだった。それどころか、俺の体重移動で生じた動きで感じている。

「それじゃあ……ここから本気でいきますよ……」

アリーナ様のヒダに負けないようにペニスを緊張させ、力強くピストンする。

力を入れたことによって張り出たエラは、絡み付くヒダを押しのけて膣壁を引っ掻いていく。

「あああ……！　あんぅああ!!　ンッ!!　あっんんッ!!」

動きが激しくなった途端、アリーナ様の声がひときわ大きくなった。声を抑えきれないほどの快感が脳へと押し寄せているのだろう。

「うっ……くっ……」

アリーナ様が気持ち良くなるということは、それだけ俺も快感を得ているということだ。奇跡的に耐えられているのは、気合いを入れて、俺主体で動いているからに他ならない。もし、攻守が逆だったなら、俺は今この瞬間にも射精していた自信があった。

「ああ!!　んぃ！　あ……はぅ！　そうよ……！　もっと激しくしたっていいんだからね！」

「で……でも！　それじゃあアリーナ様が辛くなるんじゃ……」

「あっ……あんたのへなちょこな腰振りで、あたしがどうにかなるわけないでしょ……。それとも……あたしのこと気持ち良く出来ないっていうの？」

幻滅するような声色に、覚悟を決めた。アリーナ様に突き放されるくらいなら……。

「……分かりました」

俺はアリーナ様のおっぱいを鷲掴みしてバランスを取ると、高速で往復させていた腰を一度最奥へとねじ込み、落ち着かせた。

「んひぃぎぃ!!」

子宮口にペニスをねじ込まれたアリーナ様は、悲鳴のような声を出す。

その反応を見て俺はゆっくりと、ペニスを亀頭が抜け切らないギリギリのところまで引き抜いた。

「はぁ、はっ……はぁ……。それで終わり？　そ、そこから……どうするのよ」

「こう……します」

目一杯の力を込めて腰を突き出し、ガチガチに硬くなった肉棒を子宮へとねじ込んだ。

「ごふっ……！」

そこから更に、ぐいぐいと腰を突き入れて、奥へ奥へと食い込ませる。

「んふぅ！　うぅ!!　あぁぁ!!　す……ナオーくぅ！　や、やるじゃ……な……んぐぅ!!」

喋ろうとするアリーナ様を半ば無視して、膣内からペニスを引きずり出す。

「ンンンッ!!」

するとアリーナ様は、挿入していた肉棒が引き抜かれる強制的な排泄感に腰を震わせた。

アリーナ様は次にくる俺の一突きに備えて身体を強張らせていた。だからこそ俺は、そこで一拍の間を作る。いつまで経ってもこない一撃にアリーナ様は、全身に入れていた力をふっと抜いた。

俺はその隙を見逃さなかった。

パンッ!! という肉と肉が激しくぶつかる音と共に、俺のペニスがアリーナ様の膣を押し広げ、子宮を押し潰した。

「うっ……」

肺から空気が漏れ、アリーナ様の呼吸が止まった。

「あっ……あああっ……」

間を置いて、アリーナ様は徐々に全身をブルブルと震わせていった。

「おおあッ……おあ……く……クル……す、凄いの……深いの……く……ぅうう!!」

アリーナ様は俺の身体を押しのけるように上体を跳ね上げ、白目を剥く。

膣が急速に収縮し、何度も何度もペニスを締めつける。その悪あがきをどうにか耐え抜いた。

「もう一発……いきます」

また膣の入り口までペニスを引き抜き、亀頭でワレメをほぐす。

「や……もう……む……おまんこ突かれたら……漏れちゃう……から」

珍しく弱気な発言をするアリーナ様に、ペニスで活(かつ)を入れた。

「うぎゅううう!!」

三度目の衝撃に耐えきれなかったアリーナ様の膀胱から、プシュアアア――と勢いよく潮が吹いた。

「あ――あっ――」

アリーナ様の身体から力が抜け、ぐったりとベッドへと倒れ込んだ。

第十二話 愛の形

「はぁ……あああっ……うぅっんん!!」

ぶるぶると震えるアリーナ様のお尻が愛おしい。優しく撫でてやると、触れられた手に過敏に反応し、腰を浮かせるように痙攣する。

「や、やるじゃない……んっそうらなきゃ……あらしのナオークじゃあんっ……にゃい……」

必死に強がってはいるが、絶頂の余韻が収まらないようだ。アリーナ様は涙目のトロけ顔を俺に晒してしまっている。

「れ……れも……んっ!! 調子に乗るら……」

どんなにマンコから涎を垂らしても、強気なことだけは変わらない。アリーナ様は快楽に流されてゆるゆるになっていた腹筋に力を入れ、きゅっと引き締める。

「うっ……!」

「はぁ……うぅ……」

だけど、それ以上力が入らないのか、まったく動く気配がない。

「だ、大丈夫ですかアリーナ様? すみません、こんなにするつもりは……」

「あ……あんたに心配されるなんれ……んっはっ。あたしはそんなに……やわじゃない……から!」

俺の言葉がアリーナ様の闘争心に火をつけたようだ。アリーナ様は背中で俺を押し上げる。

「ほら……まだいけるわよ……」

どこにこんな力を残していたのか、俺の身体を持ち上げた。

俺は慌ててベッドに手をついて、アリーナ様への負担を減らす。

「ふっふふ、どう？　あんたがいくら体重をかけたって、あたしには無意味なんだから……」

自由になったアリーナ様は、鼻息を荒くしながら腰を振る。ねっとりとヒダが絡むような、特殊な動きだ。びっしりと敷き詰められたアリーナ様のヒダが、縦横無尽に絡みついていく。

「うっ……」

一度絶頂をむかえたアリーナ様の膣は、細かく痙攣してペニスの感度を高めていく。

特に裏スジに快感が集中している。このまま攻めさせたら、一瞬で勝負がついてしまう！　俺は少しでも快楽を集中させないよう、位置をずらそうと身体を捻る。アリーナ様は敏感にそれを感じ取り、ペニスを逃がさないよう巧みに腰を動かした。

「逃が……さないわよ……んふっ……あくっ」

「ちょ……本当に……射精しちゃいますから……！」

「だらしなくぅ……んっ射精するナオークもぉ……かっああんっ、可愛いから良いじゃにゃはあああ……」

ぱちゅんぱちゅんと水音を立てながら、激しくグラインドされる。乱暴に扱われたペニスから、ピリッとした電気的な刺激が脳髄へと駆け上がる。

頭の中で乾いた音が鳴った。

「で……でるぅ!!」

「あふぅ!!　奥で精子がビチビチしながら子宮に染み込んでくる!!　んあぁあ……あッ、ああ……」

子宮を犯す精液をじっくりと堪能しながら、アリーナ様は恍惚の笑みを浮かべた。絶頂とは少し違う、満たされるような表情だ。

「ひっ……っさびさのナオークの精子ぃ……。はぁ……ナオーク、もっとおちんちん子宮に押しつけて、あたしの子宮にしっかり味わわせなさい……」

「は……はいぃ」

射精の感覚に震える腰を突き入れて、まだ先端から滲み出る精子を子宮に必死に塗り込んだ。

「そうぅ……ナオーク上手ぅう……もっと！　もっとナオークの精子ちょうらぁ……！」

震えるお尻を、ビタンビタンと何度も押しつけてくる。

「あぅ！　まっ……！　アリーナ様っ！　俺のペニス、敏感になってますからぁ……！　そんなヒダヒダこすりつけられたら、また!!」

睾丸から、どんどん精子が送り出され、肉の管を通ってアリーナ様の中へと吐き出された。それをまた子宮にこすりつける。異常に敏感になった亀頭が、襲いくる刺激で爆発しそうになっている。

「はぁっ……だらしない射精してるんじゃないわよ……。さっきまで調子良かっらのに……」

「あ……あれっはぁ……アリーナ様が動けって言ったので……」

「言ったけど、あんなに乱暴にしろなんて言ってないでしょ？　あんた……あたしに反抗するつもり……？」

「そ……そんなつもりじゃ……。ただ、アリーナ様を喜ばせたくてぇ！」

正直なところ、ほんの少しだけ調子に乗っていたのは認めるところだが、俺は確かにアリーナ様を喜ばせようと必死になっていた。それだけは確かな事実なのだ。

「そ……ンッ！　そう……ならあっ！　あんんっ！　このままあたしにおちんちん貸してなさい！　あんたはあたしを喜ばせるための肉棒なんだから！　あたしのために、しっかりおちんちん硬くさせなさいよね！」

「分かり……ましたぁ!!」

今、俺のペニスを更に硬くさせる方法……。

(これしかない……！)

咄嗟に思い立った方法を、俺は躊躇なく実行した。

「すぅ～……はぁ～……あぁ……アリーナ様の匂い……あぁ……」

アリーナ様のうなじに鼻を埋め、髪の毛の感触を楽しみながら俺は思いきり息を吸い込んだ。激しい性行為によって滲み出た汗の臭いの奥にある、アリーナ様本来の蠱惑的な甘みを感じさせる匂いが鼻腔をくすぐる。その匂いだけで、どこまでも高みへと昇れそうなかぐわしさだった。

「あっ……あは……あんた、女性の汗の匂いを嗅ぐなんて……どこまで最低な豚なの……？」

アリーナ様は新しいおもちゃを見付けた子供のような、跳ねた声色を出して笑った。侮蔑にも聞こえるその言葉が、俺の獣をさらに硬くさせる。

「イイ……最高の硬さになってきたじゃない……！　それじゃあ本気でイクわよナオーク!!　おちんちん気合い入れておきなさい！」

気に入ったペニスの硬さまで達したようで、アリーナ様はさっきよりも気合いを入れて腰をピストンしていく。

「おぐッ……!!　うぅう!!　んっ！」

激しいピストンに俺は為す術もなく、その荒波にペニスをさらしていた。

荒波に揉まれた俺のペニスの感度は、さらに研ぎ澄まされていく。そのまま全神経が、ペニスへと集中していった。

アリーナ様の膣のヒダ、一本一本がどんな形状をしているのかまで分かるほどだ。

細かいヒダが密集し、ペニスを迎え入れる膣口付近。少し大きくなり、更に奥へと挿入しやすいように配置された中程。大ぶりなヒダと、複雑な形状をしたヒダによって男を無限の快楽に陥れようとする最奥……。高速に流れる動作の中で、俺はその全てを感じていた
そしてアリーナ様の膣は、激しい摩擦と快感によって最大限にまで感度が高まっていた。

「ふぅうう!!　ふうぅうう!!」

そんな状態でありながら、アリーナ様は腰の動きをますます速めて、さらにはお腹にぐっと力を入れて、俺のペニスを絞りはじめた。

「うぎぃい!!」

万力で締め付けられたような膣の収縮に、俺は悲鳴を上げる。

「で……射精るううぐうう!!」

「あ……あたしもイクぅううんひぃい!!」

最奥へ突き入れることで、ずぼぼぼりゅと空気が抜ける音を発するのを聞きながら、俺は睾丸に残った白濁液を全てアリーナ様の中へと注ぎ込んだ。

それと同時に、アリーナ様も登り詰め、身体の全てを痙攣させた。

「おご……おっふ……お……」

「んひぃ……あっ……おまんこ……しあわせになってる……」

全身から力が抜け、アリーナ様からなんとかペニスを抜く。

「んっ……！」

アリーナ様の小さな喘ぎ声を聞きながら、精も根も尽き果てた俺の視界はブラックアウトした。

※　※　※

「んっ……」

泥沼の眠りから覚醒した俺は、なお重い瞼をしばたかせながら目を開ける。

「すぅ……すぅ、すぅ」

すると、至近距離にアリーナ様の寝顔が広がっていた。あまりにも予測不可能な出来事に、心臓が高鳴った。

（あ……ああそうか、昨日はアリーナ様とエッチして、そのまま寝たんだった……）

遅れて、昨日の出来事を思い出す。目の前で穏やかに眠るアリーナ様が、俺との性行為中はあんなに乱れたり、見下すような視線をくれたりしたのだ。

そう考えるだけで、俺の股間は熱く脈動した。

「んあ……」

密着した状態で暴れ馬が暴走したせいで、アリーナ様はぼんやりと目を覚ました。

「ナオー……」

眠そうに瞼を開閉しながら、アリーナ様は俺を確認すると、天使のような微笑みを浮かべてすり寄り、まるで猫のように全身をこすりつけてきた。

(うっ……!?)

全裸らしいアリーナ様の肌はもちもちのすべすべで、触れ合っているだけで気持ちが良い。

俺はその刺激で射精して、アリーナ様とベッドを汚してしまわないように気を張りながら、肌の感触を楽しんだ。

しばらくすると、全身のこすりつけを終えたアリーナ様は俺の首筋へ軽いキスをして、また眠りに戻ってしまった。

(か……可愛すぎる……!)

あまりの可愛さに打ち震えてしまった。我慢出来ずに、俺もアリーナ様のおでこに唇を押しつけた。唇を離すと、感動で身体が震えだす。

――と、一連のやりとりに緊張したのか、それとも疲れがまだ残っていたのか……眠気が襲ってきた。

(まだ……寝てても大丈夫だよな)

根拠もない確信を得た俺は、その眠気に身を任せて目を閉じたのだった。

第十三話　反撃の狼煙

　魔王軍の侵攻を退けたアリーナ様たちは、一晩だけ宴に参加すると、とんぼ返りでエルフの里へと戻ってきていた。

「は〜……今回は流石に疲れましたね……」

　エルフの城の大広間で、エルゼとアリーナ様、そしてカティアさんの四人で集まって、ちょっとした息抜きがてらの雑談に興じていた。話題の中心は主に今回の襲撃についてだ。

「ああ、最初の襲撃から今回の侵攻まで迅速なものだった。かなりの統率力をもっているようだ」

「確かにね。前まではこんなことなかったのに。頭の良い魔物でも生まれたみたい」

「だが、そんなに都合良く、頭のキレる魔物が生まれるだろうか」

「あたしたちにとっては急かもしれないけど、魔王軍にとっては念願のってこともあるわよ？　長年研究した結果かもしれないし？」

「ふぅむ……」

　エルゼは腕を組み、頭を傾げて難しげな表情を作った。

「あの、ちょっといいですか？」

　カティアさんが煎れてくれた紅茶を飲みながら、俺は控えめに手を上げてアリーナ様とエルゼの会話に横入りする。

「なによナオーク」

「何か面白い物でも見付けたか？」

まるで役立たずが話しかけてきたかのような反応に、思わず頭を抱えそうになった。

「い、いや……俺、その頭の良い魔物っていうのに、心当たりがあるんですよ」

と言った途端、アリーナ様とエルゼは身を乗り出した。アリーナ様に至っては、俺の頬をぶにゅりと掴んできた。

「なんでそんな重要なこと黙ってたのよ。短い時間とはいえ、それらしく話してたあたしたちがばかみたいじゃない」

「ひっ……ひや、ひゃなひのほひをほるのもなんらひょおもっへ」

「何言ってるか分かんないわよ、ちゃんと喋りなさいよ」

なんと無茶を言うんだろう……。俺は助けを求めてカティアさんへ視線を送る。カティアさんは口に手を当ててちょっと驚いていた。――あらまぁ、みたいな驚き方をしているが、ちらっとエルゼとアリーナ様の様子をうかがって、申し訳なさそうに眉を下げた。

それもそうだろう。ふたりにまともに言ってきかせても意味がないことと悟ったんだ。

「アリーナ、とりあえずその手を放してやれ。そのままじゃ話したくても出来ないだろう」

「……それもそうね」

ようやくその事実に気が付いたアリーナ様は、俺の頬から手を離した。

「それで？　その心当たりってなによ」

「えっとですね、前にも話したと思うんですけど、魔族の姫ですよ。魔王の娘」

それを聞いたアリーナ様とエルゼの反応は、見事に両極端なものだった。アリーナ様は納得したように目を見開き、エルゼは不満そうに眉をひそめた。

「あぁ……たしかそんな話をしていたな。ただ、ここまで戦術に絡んでくるほどなのか？」

と食って掛かるエルゼに対し、

「ん～でも廃村に、気が付かれずにドラゴンまで配置した奴でしょ？　あたしは納得できるけどね」

アリーナ様は腕を組んで俺の考えを肯定した。

「そこら辺、何か根拠があるのか？」

「俺がまだオークの村で燻ってたとき、急に魔王に変わってその姫が指揮を執りだしたんですよ。はじめはお遊びかと思ったんですけど、姫が指揮する部隊は作戦を次々と成功させていったんです」

「ふむ……」

「ほらね？」

俺よりも得意気に胸を張るアリーナ様。

「具体的にどんな戦術をとったのか気になるが、納得したよ」

「今後はその魔王の娘が前線に出てくることを考慮して戦わなければいけないということか……」

「ま、どんな奴が出てきても、あたしとエルゼがいれば片手捻りでしょ？」

「油断は出来んが、そうなるだろうな」

「あの、少し良いでしょうか」

突然、カティアさんが控えめに手を上げた。

「どうしたの？」

「何か気が付いたことでもあったか？」

「ふたりとも、俺のときと反応が違いすぎませんか？」

カティアさんに気を遣うのは当たり前として、その優しさを少しでも俺に分けてくれることは出来なかったのだろうか。

「どうしたの、いきなり泣きだして……ちょっとキモいわよナオーク……」

「いえ、なんだか無性に悲しくなって……。でも、気にしないでください。カティアさんの話の腰を折るのもなんですし……」

「カティア殿、話を続けてくれ」

「えっ、あ、はい……。エルゼ様がどれほどお強いのかわたくし分からないのですが、アリーナ様と同じくらいお強いということですよね」

町に突入したときにアリーナ様を間近で見て、カティアさんがその強さに感嘆していたのを思い出す。それと同様の強さをエルゼが持っているというのは、信じがたいのかもしれない。

「それで……ですね。逆に魔族が占領する領地へと攻めて行かないのには、何か理由があったりするのでしょうか？　その……おふたりほどお強いのでしたら、魔王もすぐに倒せてしまえるような気がしてくるのですが……」

「……」

「……」

カティアさんの疑問に、アリーナ様とエルゼは同時に黙り込んでしまった。

「……わ、分かってたわよそれくらい！　ねえエルゼ！」

「は!?　あっ……ああ、そのとおりだ。分かってはいた。分かってはいたぞ！」

明らかに取り繕っている感がありありなふたりの反応。

「まあ！　さすがは歴戦のおふたりです！　それでは、これからその作戦を考えるんですね！」

目をキラキラさせて、カティアさんはふたりに視線を送っている。そんな純粋な視線を受け続けたふたりは、ついに目を逸らしてしまった。

「ど……どっちにしろ！　今後はもっと面倒臭い戦いが増えるんじゃないの？　ま、あたしたちにはあんまり関係ないでしょうけど」

「そ、そのとおりだな。なにせ今のところ、私たちは少しの苦戦もしていないわけだからな」

「露骨に話を変えてきましたね……」

「それで、ナオーク。どこか攻めやすい魔族の集落とか住処とかないの？　どこでもいいわ、一瞬でそこを陥落させてみせるわよ！」

「そうなるともう少し軍の設備を整えなくてはいけないな。早急に手配するぞ。ついでに魔族に奪われた人間の領地を検討して、都合の良い場所を探しておこう」

「話が分かるわねエルゼ！」

途端に盛り上がりはじめたふたりは、やいのやいのと騒ぎ出す。その話の端々に、粉みじんにするとか、爆発四散させてしまえば……とか不穏な言葉が飛び交っている。

カティアさんもそれを楽しげに眺めている。

(とんでもないことになってしまった……。ていうか、そんなに簡単に都合の良い魔物の拠点なんて見つからないと思う……)

だけど、こうなったらアリーナ様もエルゼも止まらないだろう。

俺は反撃に転じようと盛り上がるふたりの無茶を止めることを諦めて、机に突っ伏した。

※　※　※

それから数日後。

「……」

嫌な予感はしていた。だけど……まさか……だ。

「よ～し、やるわよ～！」

「今回は完全に敵地での戦いだからな。補給が出来ない状況がどう響くか……」

「そんな硬いこと考えないで、もっとパーッといけばいいのよ」

そこは、まさに敵地のど真ん中といえる場所だった。目の前には、飢えた凶戦士に狙いをつけられた魔族の巣がある。

(まさか、まさかこの短期間で見つけ出してしまうなんて……。しかもそれが……)

よりにもよって、魔王が治める国への入り口とされる場所だ……。

アリーナ様とエルゼの後ろには、少数精鋭の鍛え抜かれた兵士たちが、統制が取れた状態で隊列を組んでいる。その数、百人にも満たない小部隊だ。

正直、この心許ない人数でどこまでいけるのか。流石に魔族も厳重な警戒とともに、強力な魔物を配置しているはずだ。

「あの、くれぐれも注意してくださいね。聞くところでは、この集落にはバフォメットやキマイラみたいな幻獣系の奴らが多くて、なかなか手強いですから」

「ふん、その程度の奴らなら、逆に安心して突撃できるな」

「そうね、変な特性とか魔術とか持ってなさそうだし、ちょっと本気出せばすぐに終わるでしょ」

いつものように強気に、エルゼとアリーナ様は宣言した。そしてその言葉は、当然のように達成されるだろう。なんと言っても、たったひとりで魔物の群れを壊滅へと追い込むことが出来る、折り紙付きの力を持った姫騎士がふたりもいるのだ。

「さあ、行くわよ！」

アリーナ様は高らかに剣を掲げ、控える兵に突撃の合図を送る。

そしてこのときから、人間とエルフの同盟軍による反撃の狼煙が上がったのだった。

To be continued

書き下ろし
エルゼと秘密の関係

普段は静寂に包まれているエルフの里を囲む森の一角から、壮絶な音が鳴り響いた。

「まったく、せっかくの休日が台無しだ……」

樹齢数百年を誇る木々が、大きな影によって次々と薙ぎ倒されていく。その光景を見たエルゼは、思わず舌打ちをした。

突き進む影とは対照的に木の間を縫って駆けながら、エルゼは標的へと剣を閃かせていく。

(くっ……こいつ、速いうえにそこそこ堅い……。踏ん張れれば断ち切れる程度ではあるのだが……。少しでも足を止めたら、すぐに射程外に行ってしまう……。今でも森に多大な被害が出ているというのに……。このペースで被害が続いたら、手遅れになってしまう！　なんとしても止めなくては……！)

しかしそんなエルゼの焦りを助長するように、その影は森を刈りながら進んでいく。

「ぎゃひっ！　そんな軽い攻撃じゃぁ、俺は倒せないぜぇ！」

「ふん、何も知らずに迷い込んできた雑魚の分際がよく吠えるな」

「ぎゃひぎゃひぎゃひ！　その雑魚すら倒せてねぇじゃねえかぎゃはは!!」

「そんな安い挑発には乗らん」

だが、エルゼの内心の焦りは更に増していく。実際にこの魔物をどうにかする術が限られている上、上手い対策が取れないことが原因だ。

（周りに気を遣わず魔法が使えれば話がはやいのだがな……）

エルゼが使用できる魔法には、この魔物の装甲を貫くことが出来る高火力なものもある。だが、その魔法を使ってしまえば、守るべき森の一部を破壊してしまう可能性がある。エルゼにとって、それは出来ればとりたくない行動だった。やるとするなら、本当にどうしようもなくなったときと決めていた。

「ぎゃぎゃぎゃ！　魔法も使えるはずなのになかなか使わねぇところを見ると、そんなにこの森が大切みてぇだなぁ!!」

魔物はエルゼの内心を言い当てると、邪悪な笑みを浮かべる。

「だったらよぉ！　こんなのはどうだぁ!?」

途端、魔物の体積が何倍にも膨れあがった。魔物の体内で魔力が圧縮されていることを感じ取ったエルゼは、敵が何をしたいのかを瞬時に理解した。

「……!?　やめろ！」

「オラァ!!」

魔物は、極限まで圧縮された魔力を、解放した。貯められた魔力はその爆発的な威力を伴って、周囲一帯をエルゼもろとも吹き飛ばした。

「ひゃー！　やっぱりこれやるの、気持ちいい～!!」

爆発の中心点、魔物が立っている場所には小さいながらもクレーターが出来ていた。

顔の前で腕をクロスさせ、とっさに防御したエルゼだったが、激しい爆発の威力を殺しきることが出来ず、大ダメージを受けていた。

「貴様、よくもやってくれたな……」

エルゼは自分の身体がボロボロになってしまったことなど、どうでも良いと考えていた。それよりも森の一部を破壊された怒りで、肩を震わせた。

「……!?」

その刹那、膨大な魔力が渦巻いた。桁違いの魔力量に、魔物は足を震わせる。

(ヤ……ヤベェ!!　逃げねぇと、マジで跡形もなく消されちまう!!)

魔物はエルゼから距離を取ろうとしたが、その場から動くことが出来なかった。

「無駄だ……お前は私の怒りを買った。お前は今から――」

「く……くそがあああ!!」

エルゼの周りを取り巻いていた魔力が、掲げられた剣へと集中した。

「ここで死ぬ」

言葉と共に剣が振り下ろされ、先ほど以上の轟音が響き渡った。

※　※　※

「うわっ、木が何本もなぎ倒されてる……。いったい何が起きてるっていうんだ？」

二連続でエルフの里を震わせた爆発音の正体を確かめるために、俺は森の中へと足を踏み入れていた。

「あ〜でも、ちょっと魔物の気配がする。そいつの仕業かな」

アリーナ様はさっきまで城の庭で兵士たちに稽古をつけていたから、そうするとあの爆発音は、エルゼが何かやったのか。また激しくやったなぁ……。木がなぎ倒されている方向へと進んでいると、風に飛ばされそうなほどフラフラとした、おぼつかない足取りで歩くエルゼが視界に入った。

やっぱりか、と思うと同時に俺はエルゼに駆け寄って肩を貸した。

「あ……あぁ、ナオークか。こんなところでどうした」

「ものすごい爆発音が立て続けにしたんで、確認に来たんですよ。それよりも、なんでこんなにボロボロになってるんですか……。あの、もしかしてエルゼでも苦戦するような魔物が侵入してきたりしたんですか……？」

「いや、侵入してきた魔物自体は、たいした強さではなかった。ちょっとすばしっこくて捕まえるのに苦労はしたが、それだけだ。だが、油断していた。至近距離で魔力を爆発させられてな。それを喰らってしまったのだ」

「そんな！　大変です！　とりあえず、どこか休める場所に行きましょう！」

「なら、私の部屋にしてくれ。怪我は大したことないのだが……どうにも」

「分かりました！」

俺はエルゼをおんぶして、すぐに城へと引き返した。そのままエルゼの部屋へと駆け込むと、ベッドへ下ろす。

「すまんな……ナオーク」

熱があるのか、エルゼは顔を真っ赤にして、どこか遠くを見ていた。

（うっ、この表情はちょっと……。それに、服が）

所々が破れた服から、エルゼの白い肌が覗いている。かなり際どく破れているところもあり、目の毒になっている。出来るだけそれを見ないように目を逸らした。

「気にしないでください。エルゼは同盟軍を指揮する重役ですからね。何かあったら大変で――ってなにしてるんですか!?」

エルゼは、ベッドの上でためらいなく服を脱ぎ始めのだ。

「ん……？　何って、見たら分かるだろう。服を脱いでいるのだ」

「あ……ああ着替えですね！　それじゃあ俺、新しい服を持ってきます！」

「待て、着替えなど必要ないだろう」

回れ右してクローゼットへ向かおうとした俺を、エルゼは引き留めた。

「ひ、必要ない……と言いますと？」

「ふっ、分かっているくせに、何を驚いている。すぐにこっちへ来い」

その言葉には、逆らうことの出来ない強制力がある。俺はもう一度身体の向きを変え、エルゼの正面に立った。

「……まさか瘴気にあてられていませんか？」

エルゼは息を荒げながら、頷いた。

「そうだろうな……。さっきからお腹の奥がじんじんして……我慢が出来ないんだ」

確か、エルゼは魔物の魔力の爆発をまともに受けたと言っていた。至近距離でそんなものを喰らえば、いかにエルゼでも魔物の瘴気に当てられてしまったのにも納得が出来る。

「あ、あの……本当にするんですか？　俺は安静にしてたほうがいいと思います」

「心配してくれるのは有り難いが……もう無理だ。言っただろう？　我慢が出来ないのだ。今すぐにでもお前を襲ってやりたくて仕方ない。だから、こっちへ来い」

余裕がないせいか、いつになくキツい口調だ。これは、逆らわないほうが良さそうだ。

「よし、ナオーク、チンポを出せ」

「は……はい」

命令されるがままに、俺はペニスをさらけ出した。

「……何故、勃起していないんだ？」

俺のペニスは股の間でだらりと垂れ下がり、全く元気がなかった。

「そんな場合じゃなかった、ので……」

「だらしないな……。仕方ない……ナオーク、もっと近くに寄れ」

腕を掴まれて引き寄せられた俺は、そのままベッドへと座らされてしまった。その代わりにエルゼが立ち上がり、俺の両肩に腕を置いた。

「舌を出せ。……そうだ、あむっ」

大きく突きだした俺の舌を咥えたエルゼは、自分の舌を巧みに蠢かせていく。

「ぷちゅ……ちゅるっぢゅるっ」

無防備な口内を蹂躙された俺は、酸欠も相まって、快楽物質が脳みそから溢れ出しはじめた。その血液に乗って身体に巡るその快楽物質は、股間の一点に集中を始める。

エルゼの体調を考えるなら、ここで止めてしまうのが一番良い。それが分かっていながら止められないのは、命令されることになれてしまったせいだろう。いや、それだって言い訳かもしれない。俺はただ、気持ちいいことに浸っていたかったのかも……。

「ちゅぱっ……。やっとその気になったか。とはいえ、まだ五分くらいか？　お前のことだ、もっと痛めつけてやらないとチンポがよくならないんだろう？　任せておけ、私が気持ち良くさせてやるからな……あむっ」

エルゼは俺の舌を吸って、口の奥へと迎え入れた。

「んっ！　んぐぅう!!」

俺は、何をされるのかを咄嗟に悟った。悲鳴を上げてストップを訴える。だけどエルゼはその叫びの意味を理解しながら、まったくの手加減なく顎に力を入れる。

「ふぐぅうああ!?」

ゴリュッ！　と、俺の舌にエルゼの歯が食い込んだ。激痛が発した場所を押さえようと反射的に動いた腕が、エルゼに押さえられた。

「ちゅぅ……ちゅう……ぢゅるっ……ぺちゃ……」

口の中に溢れた血を啜っているようだ。俺の口の中にも、エルゼの口から零れた血液が流れ込む。自分の血とエルゼの涎とが混ざり合った液体が、口の中一杯に広がった。

「ナオークの血は美味しいんだな……」

サディスティックな視線が、俺の視線と真っ向からぶつかり合った。

「新しい性癖が目覚めてしまいそうだ……。ははっ、そう言えばナオークをマゾだと自覚させたのは私だったな。そう考えると、運命的なものを感じてしまうな。私とお前は、お互いに新しいことに気付き合う、運命的な関係だ……。そうだろ？」

悶絶しそうなほどの激痛に見舞われた俺は、涙を流しながら下顎を震わせることで痛みを緩和させようと必死になっていた。そんな状態では、エルゼの言葉に答えることが出来ない。

「そうだろうな……」

その沈黙を、エルゼは肯定と取ったようだった。愛おしむように、流れる涙を舐め取った。

「さて、これで……よしよし、十分にそそり立っているな。舌を噛んでしまったからな、疲れているだろ？　少し横になっておけ。しばらくは私が動いてやろう」

そっと俺の上半身を押してベッドへ横たえさせると、枕を引き寄せて俺の頭にあてがってくれた。

そうして準備を整えると、エルゼは俺に背中を向けて、ペニスを掴む。

「んっ……あぁ……チンポでマンコをなぞると、ぞくぞくするな」

掴まれたペニスは上下に動かされる。亀頭がエルゼマン肉で擦られ、快感が与えられる。

特殊なキスですでに十分に溢れ出していた愛液を、性器全体に塗りたくると、掴んだペニスを真ん中でぴたりと静止さ、ずぶりと埋め込んだ。

「んあっ……あああ……。マンコが広がってく……」

ずっぽりとエルゼの中に埋め込まれたペニスが、お尻の穴と一緒によく見えた。

「ふぅ～……最後まで入りきった。お前の太いカリが子宮口までぴっちり詰まってるのが分かるか？まったく動かなくても、それだけで幸せな気持ちがふつふつと湧いてくる……。ずっとこうしていてもいいくらいだ」

子宮近くの膣壁が、きゅっきゅっと吸い付くように締めつけてくる。

「だが、そうも言っていられないな。気を抜くなよナオーク、いくぞ……ふっ！」

ずぼぼぼぼ――と、最奥からペニスが一気に引き抜かれた。ハリのある膣壁が、上下運動に反して放すまいと強烈に吸いついてくる。その勢いは膣口がカリに引っかかったことで止まった。しかし弾力のあるマン肉は、そのまま上へ上へとペニスを引っ張っていく。まるでお餅のように伸びたマン肉が愛液によってキラキラと光って見えた。

「んんんんっ!!　うんっ！」

伸びきった肉で反動をつけたエルゼは、バッツン！　という激しい音を立てながら、最奥へとペニスを突き入れた。

「ふんふんっ！　ふんっ！　ふんっ！　ンンッ……！」

かなり子宮が疼いているのか、エルゼは今までにないくらい激しく、何度も何度も腰を打ちつけてくる。

「あぐっ！　あああああ!!　こ、睾丸から精子昇ってきます……！」

「ザーメン！　射精せ！　私が満足するまで射精し続けろ！」

「んぐぅう射精するぅうう!!」

痛いほどの締めつけとピストンによって、精子を搾り取られた。

「おっ……んんんっ……膣内が熱いので満たされてく……ナオークの精子で……私の子宮が満足してく!!　んほおおお……んおっ!?」

突然、エルゼの子宮がズンッと降りてきた。まったく予期せぬ現象に、エルゼは驚きの声を上げる。

「おんぐぅ……こ、これぇ……すご……今なら、どこまでも昇ってイケそうだ……！」

「んひぃいいい!!　そんなに亀頭擦ったらまた射精ッ！　しちゃいますからぁ!!」

それによってエルゼの感度がどれだけ上がったのか分からないが、尻の振りをどんどん激しくさせていった。

エルゼは自分の気持ちの良い場所が自分で分かっているのか、そこへ重点的にペニスを当てていく。それがまた、ちょうど俺の裏スジが擦れる場所だった。

「うっくぅ！　裏スジ擦れて……」

出来るだけ我慢しようとしていたのだが……。

「うふぅ！　んなああ!!　おお……マンコぉ……ぎもちぃぃとこあだってるぅ!!　ちょうどいいところ凄いフィットしてるからぁ！　いくらでも気持ち良くなれるぅ!!」

貪欲に快楽を求めるエルゼの激しい腰振りで、俺は二度目の射精に至ってしまった。

「二回目の射精ぃい!!　まだ足りないぞ！　もっとおまんこするぞ！　おほぉおおっん！」

同時に、エルゼも絶頂を迎えた。

「はぁ、んっ……っはぁ……!!　はぁ……まだぁ……まだ、私はいけるぞ……」

だが、その後もエルゼの勢いは増していった。性欲の塊と化したエルゼのマンコによって、俺は三回四回と金玉の中身を吐き出していく。それに比例して、エルゼも連続して絶頂を果たす。

そして——。

「んぉお……ほぉ……」

どれくらい射精したか忘れてしまうくらい出し続けて金玉をカラッカラにすると、エルゼはようやく満足したのだった。

※　※　※

「すまない……ナオーク……。不甲斐なく瘴気に当てられたうえ、我を忘れてお前を襲ってしまうなんて……」

　激しい行為が終わった後、我に返ったエルゼは生まれたままの姿で華麗な土下座を決めた。

「そんな土下座までずること！　止められなかった俺も俺ですから……」

「しかし……それでは私の気が……」

「ま、まあお互い気持ち良かったってことでいいじゃないですか。もし瘴気にあてられてなくても、いつか俺がねだってましたよ」

「う……うむ……。そう言って貰えると……助かる」

　まだ気にしているようなそぶりを見せるエルゼの背中をさすった、そのときだ。

『ナオークー？　ちょっと、どこにいるのよー！』

　廊下のほうからアリーナ様の声が聞こえてきた。

「いるー？　あ！　ちょっとあんたたち、なにやってるのよ！」

　ノックもせずに入って来たアリーナ様は、裸で向かい合っていたエルゼと俺を見咎めると、肩を怒らせながら近付いてきた。

「ちょっと、何やってるのよ！　そういうことするときはあたしも呼びなさいって、いつも言ってるでしょ!?」

いつも言ってるかどうかはさておいて、怒る場所がそこなのが、流石アリーナ様って感じだ。

「あら皆様、ここに居たのですか？　あ……！」

三人で——主にアリーナ様が——騒いでいるところに、カティアさんまでやってきてしまった。

カティアさんは俺とエルゼの姿を見ると、顔を真っ赤にさせて咄嗟に手で視界を塞いだ。

「あの、申し訳ございません……あらあら……」

とは言いながらも、とても気になるのか指の隙間からチラチラとこちらをのぞき見ている。

「ふふぅん……」

アリーナ様がそんなカティアさんの様子を見て、何かを思い付いたらしい。

「あ……あのアリーナ様、いったい何をなさるんですか」

「いいからこっちに来なさいって。はい！」

「きゃー！」

カティアさんを強引に引きずってきたアリーナ様は、スパーンッ！　と勢いよくその服を脱がしてしまった。

そして自分も服を脱ぐと、腰に手を当てて仁王立ちして——。

「それじゃあこれから四人でするわよ！　いいわねナオーク！」

と高らかに宣言した。

「は……ははは……はは……」

疲れているのでまた今度……とは言えそうになかった。

あとがき

はじめましてノクターンノベルズ様におきまして、『転生オークは姫騎士を守りたい　～理想と現実は違うけど、エロいことばかりだからまあいいか？～』を連載しております、犬野アーサーと申します。

普段ネット環境がガラケーのメール機能くらいしかない生活を送っているので、書くだけ書いて放置していた本作ですが、どこにも出せないのはなんだか嫌だな、と奮起して投稿しておりました。

投稿するとなれば、必然的にそこで連載されている他の作品が気になるもので……。

投稿を始める前に先輩方の作品を読ませていただいたのですが、とても面白く、本当にこの作品を投稿しても大丈夫なのだろうか、と不安になりましたが、なんとか読者の皆様が楽しめる作品になっていたようで良かったです。誤字も多いのに、本当にありがとうございます。

そんな折り、編集の方から連絡があり、書籍化していただけることになりました。

ネットは怖い所と聞いていたので、正直初めは騙されているのでは？　なんて思ったりもしましたが、打ち合わせなどで何度も担当の方とお会いして、本当に書籍化してもらえるんだと、遅まきながら感動し、動悸が激しくなり、震えが止まりませんでした。

ですが、まだまだ本作は終わっていませんので、気を引き締めて誤字に気をつけながら連載していこうと思います。

さて、私自身の話はここまでにして、ここからは、お世話になった方達にお礼をさせていただきます。

まずはこの作品を拾って下さった、キングノベルズ様と担当様にはとても感謝しております。

数々の面白い作品が次々と更新される中で、この作品を選んで下さり、本当にありがとうございます。

次に、綺麗なイラストで本作品を飾っていただきました、ifo様へ。

頭の中にあったナオークたちの姿を、想像していたとおりに描いて下さいまして、どうお礼をすればいいのか分かりません。

ifo様がデザインしてくださったキャラクターを見るたびに、ニヤニヤが止まらないのです。本当にありがとうございます。

最後に、この話を読んで下さいました読者の皆様に最大限のお礼をさせていただきます。特に、ネット掲載時から追って下さっている皆様の応援がなければ、こうして投稿を続け、書籍化することもありませんでした。心から、お礼申し上げます。

書籍版でこの作品を知っていただいた方にも。この本を手にとっていただき、本当にありがとうございます。もし続きが気になりましたら、ネットのほうで続きを読むことができますので、どうぞ見に来ていただければと思います。

それでは皆様、ここまでお付き合いいただき、ありがとうございます。

またネットでもお会いしましょう、それでは。

二〇一六年一一月　犬野アーサー

キングノベルス
転生オークは姫騎士を守りたい 1
～理想と現実は違うけど、
エロいことばかりだからまあいいか？～

2016年12月27日　初版第1刷 発行

■著　　者　犬野アーサー
■イラスト　ifo

本書は「ノクターンノベルズ」（http://noc.syosetu.com/）に掲載されたものを、
改稿の上、書籍化しました。
「ノクターンノベルズ」は、「株式会社ナイトランタン」の登録商標です。

発行人：久保田裕
発行元：株式会社パラダイム
〒166-0011
東京都杉並区梅里2-40-19
ワールドビル202
TEL 03-5306-6921

印 刷 所：中央精版印刷株式会社

KN022

逆転異世界の救世主
3
＊異世界トリップした先で美女に感謝され＊
＊イチャラブ生活送ってます＊
美醜の価値観が逆転した異世界で、男娼を務める智明。いよいよこの国の中央に働きかけ、美女たちのための楽園を守ろうと、その愛情を一身に受けて動き出すことに！
ここに創りだす!
逆転美女と理想郷!
赤川ミカミ
Mikami Akagawa
illust:100円ロッカー